閑書

郁達夫作

上海良友圖書印刷公司印行

1936

No. 419

一九三六，五，一 付排

一九三六，五，三十 初版

1——3000

實價大洋九角

良友文學叢書

趙家璧編輯

第二十六種

良友總公司

上海北四川路

各地良友公司

南京良友公司
北平良友公司
漢口良友公司
廣州良友公司
梧州良友公司
廈門良友公司
重慶良友公司
紐約良友公司

目次

條起來了，到平之後，幷且還聽見西山都出了刼案，殺死了人。在故宮里看了幾日假古董，北海中央公園內喝了幾次茶，上三貝子花園頤和園去跑了一跑之後，應水淇之招，我們就一直的到了山海關內的北戴河邊。剛在青島看海看厭了的我們，這一回對北戴河自然不能像從前似的用上級形容詞來贊美了。不過有兩件事情，我總覺得北戴河要比青島好些。第一，是汽車聲音的絕無，第二，是避暑客人的高尙。不過話也要說囘來，在鹿囿上面的那一家菜館裏吃飯的時候，白俄女人的做買賣的也未始不曾看見，但數目少了，反而以爲萬綠叢中一點紅，這一塊肉，倒是少她不得的。

北戴河的騾子，實在是一種比黃包車汽車橋子更有詩意的乘物。我們到了車站，故意想難難沒有騎過騾兒的映霞，大家就不坐車而騎騾；但等到了張家大樓，她的騎騾術已經諳熟了，以後直到離開北戴河爲止，她就老愛在騾背上跨着，不肯下來。

北戴河的氣候，當然要比青島的好；但人工的設備，地面的狹小，却比青島差得很遠。東山區域，住宅太多，衞生狀況也因而不好，我以爲西面聯峰山下，一直到海濱的一段，將

上海雜誌公司

印象，比無論那一個港市，都要清新些，美麗些。香港沒有她的複雜，廣州不及她的潔淨，上海比她欠清靜，煙台比她更渺小，劉公島我雖則還沒有到過，但推想起來，總也不能夠和青島的整齊華美相比並的。以女人來比青島，她像是一個大家的閨秀；以人種來說青島，她像是一個在情熱之中隱藏着身分的南歐美婦人。

青島的特色之一，是在她的市區的高低不平，與夫樹木的青葱。都市的美觀，若一味平直，只以顏色與摩天的高閣來調和，是不能夠引人入勝的；而青島的地面，却儘是一枝枝的小山，到處可以看得見海，到處都是很適宜的住宅區。就是那一條從前叫弗利特利希大街，現在叫中山路的商業通衢，兩端走走，也不過兩三里路，就到海邊了；街的兩面，一走上去，就是小山，就是眺望很好的高地。

從前路過青島，只在船樓上看看她的綠樹與紅樓，雖覺很她美，但還沒有和她親過吻，抱過腰；今年帶了兒女，去住了一個夏天，纔纔覺「東方第一良港」「東方第一避暑區』的封號，果然不是徒有其表的虛稱。

海水浴場的設備如何，暫且不去管牠，第一是四周的那麼些個淺灘，恐怕是在東亞，沒有一處避暑區趕得上青島的。日本的海岸，當然也有好的，像明石須磨的一帶，都是風光明媚的地方，可是小灣沒有青島的多，而岸線又不及青島的曲。至於日本的北面臨日本海的海岸呢，氣候雖則涼冷，但風浪太大，避暑洗海水澡總有點不大適宜。

青島缺點，當然也是有的；第一，夏天的空氣太潮濕，霧露太多，就有點兒使人不舒服。其次則外國的東方艦隊，來青島避暑停泊的數目實在多不過，因而白俄的娼婦，中國鹽水妹的來趕夏場買賣的，也混雜熱鬧到了使人分不出誰是良家的女子。喜歡異國頹廢的情調的人，或者反而對此會感興趣，但想去看一點書，做一點事情的人，被這些酒肉氣醉人的淫暖之風一吹，總不免要感到頭昏腦漲，想嘔吐出來。我今年的一個夏天就整整的被這些活春宮冲壞了的；日裏上海濱去看看裸體，晚上在露臺聽聽淫辭，結果我就一個字也沒有寫，一冊書也沒有讀，到了新秋微冷的時候，就匆匆坐了膠濟路車上北平去了。明年我就打算不再去青島，而上一個更清靜一點的海岸或山上去過夏天。

勞山的風景，原也不錯；可是一般人所頌贊的大勞觀靛缸灣一帶的淸溪石壁，也只平平，看過江南的淸景的人，對此是不會感到特異的美感的；要講偉大，要耐人尋味，自然是外勞沿海一帶，從白雲洞，華嚴寺到太淸宮的一路。我在靑島的時候，曾有一位小姊，向我說過石老人附近景色的淸幽，浮山午山廟周圍梨花的艷異；但因爲去的時候不巧，對於這些絕景，都不曾領略，此生不知有沒有再去的機會了，我到現在，還在悵念。

由靑島去濟南的道上，最使我感到興奮的，是過濰縣之後，到靑州之先，在朱劉店驛，從車窗裏遙望首陽山的十幾分鐘。伯夷叔齊的古蹟，在中國原有好幾處，但山東的一角孤山，似乎比較得有趣一點，因爲地近田橫島，聯想起來也着實富於詩意。潔身自好之士，處到了這一種亂世，誰能保得住不至餓死？我雖不敢仰慕夷齊之淸高，也決沒有他們的節操與大志，但是餓死的一點，却是日像一日，儘可以與這兩位孤竹國的王子比比了，所以車過首陽之後，走得老遠老遠，我還探頭窗外，在對荒山的一個野廟默表敬意。至於靑州的雲門山，於陵的長白山白雲山等，只稍稍掉頭望了一望，明知道不能去登，也就不覺得是什麼了不得的名山勝地了；可是雲門的六朝石刻，聽說確是貨眞價實的歷史上的寶物。

到濟南城後，找着了李守章氏，第二日照例的去遊千佛山，大明湖，趵突泉金線泉，黑虎泉等名勝。自然是以家家流水戶戶垂楊的黑虎泉（現在新設了游泳池了）一帶，風景最爲瀟洒。大明湖的倒影千佛山，我倒也看見了，只敎在歷下亭的後面東北堤旁臨水之處，向南一望，千佛山的影子便了了可見，可是湖景並不覺得什麼美麗。只有蒲菜蓮蓬的味道，的確還鮮，也無怪乎居民的競相侵占，要把大明湖改變作大明村了。就在這一天的晚上，我們離開了李清照辛棄疾的生地而趕上了平浦的通車；原因是爲了映霞還沒有到過北平，想在沒有被人侵奪去之前，去瞻仰瞻仰這有名的舊日的皇都。

北平的內容，雖則空虛，但外觀總還是那麼的一個樣子。人口增加，新居添築，東安西單兩市場，人海人山；汽車電車的聲音，也日夜的不斷。可是，戲院的買賣減了，八大胡同裏的房子大半空了，大店家的好貨也不大備了，小館子的顧客大增，而大飯莊的燈火卻蕭

自序

平常出書，不大喜歡作自序，而請旁人爲代寫一篇的麻煩事情，當然是更不願意做了。近來偷懶取巧的習慣，與年歲同時進了步，所以看書的時候，也愛看看那些寫在書前面的緒言導詞之類；有時患着無事忙病，竟有憑了一篇序文而來決定要不要把那册書讀完的行動。這一回輪到了自己出書的頭上，自然要想在書的前面，也寫些什麼了，先讓我來釋明一下這書命名的由來。

簡單明瞭地說一句，下面所收集起來的許多短長雜稿，都是閑空不過，纔拿起筆來寫出的；所以事忙的人，簡直可以不讀，這一種書，終於也還是幫閑的作品。不過仔細一想，凡一個人到了拿筆管寫寫的時候，總是屬於閑人一類的居多，忙人是決不會去幹這些無聊的餘事的；同樣想拿起一册書來讀讀的人，必然地也非十分有閒者不可，忙人連吃飯睡覺的工夫都沒有，又那裏會起看書的心思。中國一向，就把看書當作是消閑的動作，故而對於那些小說筆記之類的册籍，統叫作閑書，說牠們的無關大體，得遣閑時；我以爲這一個稱呼，實在是最簡潔適當也沒有的了，所以就拿來做了我的書名。

列寧曾經在一本國家與革命的小册子上說過一句有趣的話，以這話來說明寫稿子的人的閑空，覺得尤其合適，所以想在這裏把牠引用一下，來嘲笑嘲笑自己的無聊。他說：『這書後半部還沒有寫成，而自己却要去幹實際的革命工作去了』。做些實際的事情，當然要比弄弄紙筆，說說空話有趣得多；『予豈好辯哉，予不得已也』，說起來倒有點像孔孟之徒了，但被天強派作了閑人之後，他的寂寞與淒涼，也並不是可以借了一句兩句的話來說出的。

——一九三六年四月末日

清貧慰語

洪範五福，二曰富；同時五極，四曰貧。當然，富與貴，是人之所欲；而貧與賤，也是人之所惡的。可是貴者必富，似乎是『自古已然，於今爲烈』的定則；因爲『子夏貧甚，人曰，子何不任？子夏曰，諸侯之驕我者，我不爲臣，大夫之驕我者，我不復見。』終而至於懸鶉衣於壁，這定則，在西洋却並不通用；倍根論富，也同中國的古聖昔賢一樣，以大地爲致富之源，但其來也緩慢，而費力也多。其次則他在說商賈之致富，專賣壟斷之致富，爲役吏或因職業之致富，雖則都可以很快的發財，然而却不高尚。

西哲的視富，也和中國聖人的爲富不仁，爲仁不富的調子一樣。倍根的大斥高利貸的地方倒頗有些近世社會主義者所說的剩餘價值，與不當利得的傾向。

尤其是說得有趣的，是在講到財神 Plutus 的勢利的一點。他說財神於受到 Jupiter 大神的命令的時候，總緩緩跛行，姍姍而去；但一得到死神中之掌財魔王 Pluto 的命令的時候，却飛奔狂跳，唯恐不及了。所以致富之道的最快的手段，是在弄他人至死，而自己因之得財的一條路，譬如得遺產之類，就是。其次則如做惡事，壞良心，行奸邪，施壓迫，亦是致富的捷徑。總而言之你若想富，你得先弄人貧。散文的祖宗，法國蒙泰紐，在他的一篇「論一人之得就是他人之失」的短文裏也說，一位雅典的賣葬式器具者，每以劣貨而售重價，因而 Demades 痛斥其爲不仁，因他的利益，就係懸在他人的死的上面的。蒙泰紐却又進一步說，不獨賣葬具者爲然，凡天下之得利者，都該痛斥。商人利用青年的無節制，農夫只想抬高穀價，建築師希望人家屋倒，訟師唯恐天下沒有事，就是善譽者以及牧師，也是因爲我們作惡或死人時纔有實用。醫生決不喜歡人的健康，兵士沒有一個是愛和平的。

如此說來，很簡單的一句話，是富者都是惡人，善人沒有一個不窮的了。因爲弄成了我們的窮，然後可以致他的富。不過因節儉而致富，因無中生有的生產而致富，如其富得正當而不害及他人者，又當別論。

那麼貧窮的人是不是都可以寶貴的呢？倍根先生也在說，對於那些似乎在看不起富的人，也不可一味的輕信，因爲他們的看不起富，是實在對於富是絕望了；萬一使他們也能得到，那時候他們可又不同了。所以是清而且貧者爲上，懶而且貧者次之，孜孜欲富而終得其貧者爲最下。像黔婁子的夫妻，庶幾可以當得起清貧的兩字了，且看高士傳，『黔婁子守道不屈，卒時覆以布被，覆頭則足露，覆足則頭露。或曰，斜其被則斂矣！其妻曰，斜而有餘，不如正而不足！』

現在一般人的不守清貧，終至卑汚墮落的原因，大抵在於女人；若有一位能識得斜而有餘不如正而不足的女人在旁，那世界上的爭奪，恐怕可以減少一半。

其次則還有一位與勢利的財神相對立的公正的死神在那裏；無常一到，則王侯將相，乞丐偸兒，都平等了。俗語說：『一雙空手見閻君！』這實在是窮人的一大安慰；而西洋人的輪迴之說比此還要更進一步。耶穌教的輕薄富人，是無所不用其極的；他們說，富者欲入天國，難於駱駝之穿針孔；所以倍根也說，財富是德性的行李，譬如行軍，輜重財富，是進軍之大累也。

說肥瘦長短之類

人體的肥瘦長短，照中國歷來的審美標準來看，似乎總是瘦長的比肥短的美些。從古形容美人，總以長身玉立的四字爲老調，而『嫫母倭傀，善譽者不能掩其醜』，也是大家所熟知的典故。按常理來說，大約瘦者必長，肥者必倭；但人身不同，各如其面，肥瘦長短的組合配分，却不能像算術上的組合法那麼簡單。所以同外國文中不規則動詞的變化一樣，瘦而短，肥且長的陰性陽性，美婦醜男，竟可以有，也竟可以變得非常普通。

若把肥瘦長短分開來說，則燕瘦環肥，各臻其美，堯長舜短，同是聖人；倘說唐明王是懂得近世擇美人魚的心理的人，則不該賚送珍珠，慰她寂寥。倘說人長者心美，短者必醜，則堯之子何以不肖，而娥皇女英又如何肯共嫁一人。

關於肥瘦，若將美的觀點撇開，從道義人品來立論，則肥者可該倒霉了。嘗食者不肥體，是管子的金言；子貢淫思七日，不寢不食，以至骨立，的是聖門弟子的行爲。飯顆山頭逢杜甫，他老人家只爲了忠君愛國，弄得骨瘦如柴。桓溫之孽子桓元，重兼常兒，抱輒易人，終成了篡位的奸臣，被人殺戮；叔魚之母，見了她兒子的鳶肩牛腹，嘆曰，谿壑可盈，是不可饜也，必以賄死，遂勿視。凡此種種，都是說肥者壞，瘦者好的史實，而韓休爲宰相，弄得唐玄宗不敢小有過差，只能勉強說一句吾貌雖瘦，天下則肥的硬好漢語來解嘲，尤其是有名的故事。

反過來從長短來說，中國歷史裏，似乎是特別以贊揚矮子的記錄爲多。第一，有名的大政治家矮的却占了不少，周公伊尹，全是矮子，晏子長不滿六尺，而身相齊國，名顯諸侯。孟嘗君乃眇小丈夫，淳于髡亦爲人甚小。其他如能令公喜公怒的短主薄王珣，磨穿鐵硯賦日出扶桑的半人桑維翰等都係以矮而出名者，比起長大人來（當然也是很多），短小人決不會有遜色。武人若伍子胥，若韓王信輩，都係長人，該沒有矮子的分了，而專諸郭解，相傳亦是矮人。

看了這些廢話，大家怕要疑我在贊成瘦子矮子了，但鄙意卻沒有這樣簡單。對於美人，我當然也是個摩登的男子，『軟玉溫香抱滿懷』，豈不是最快活也沒有的事情？至於政治家呢，我覺得短小精悍的拿破崙，究竟要比自己瘦長因而衞兵也只想挑長大的普國弗列特克大王好得多。若烏喙長頸的胥水之精（子華子），大口鳶肩的東方之土（淮南子）能否與大王弗列特克比肩，當然又是另一問題。

一九三四年九月

說「沈默」

自發的沈默，中外一例地都視爲人生的美德。中國人說：『禍從口出！』所以金人要三緘其口。英國喀拉衣耳說：『沈默與玄秘！若這時代還是造神壇的時代，那神壇正還該獻造給牠們。』他又引着一句瑞士的金言『言語是銀的，沈默是金的』而改造過說：『言語是一時的，沈默是永久的。』比利時的那位神祕詩人梅泰林克在一本心貧者之寶（Le Tresor des Humbles）的散文集裏，更把沈默推崇得至高至上，無以復加。

他甚至說，言語的溝通靈魂，遠不如沈默的來得徹底。尤其是兩人相愛的時候，決定此愛者，乃是來至兩人間的最初的那一箇沈默。在遠道叵家，別離在即，大喜臨頭，生命終息，或大大的不幸，將次到來的一瞬間，沈默總在我們的先頭，所以人們在人數多的時候，最怕的也就是這一箇沈默。沈默的嚴肅，就是愛和死和運命的嚴肅。

梅泰林克的贊美沈默，自然是有他的見地在的；但非自發的沈默，却未免有點兒難受。先讓我來說一箇故事：火德星君紀曉嵐，酷嗜淡巴菰，有一日正在吞雲吐霧，校修着四庫全書的時候，忽聽報說：『皇上來了！』他把烟斗向靴袋裏一塞，就忽忙地下去接駕。後來烟火燒上襪子，皮肉，乾焦氣都燻出外面來了，皇上問：『有什麼在燒？』他老人家却只裝着苦笑，鎮靜地回覆說：『沒有什麼！』像這一種的沈默，可眞是應了法國人的說法，言語是隱祕思想的藝術（Speech is the art of concealing thought）了：但藝術雖然成了功，而皮肉可不免受了痛。

說姓氏

姓氏的起源，當然是和人類一樣的古。白虎通上說；『古者聖人吹律以定姓；……姓有百者何？……正聲有五，宮商角徵羽，轉而相雜，五五二十五，轉生四時，異氣殊音悉備，故姓有百也。……所以有氏者何？所以貴功德，賤伎力，或氏其管，或氏其事，』通志上說；『三代之前，姓氏分而爲二，男子稱氏，婦人稱姓。氏所以別貴賤，故貴者有氏，賤者有名無氏。姓所以別婚姻，故有同姓異姓庶姓之別。至三代之後，姓氏合而爲一。於文，女生爲姓，故姓之賜，多從女，姬姜嬴姒姚嬀姞妘嫺妖嫪之類是也。』從這些地方看來，姓原是最古，是女性中心的家族制度開始的時候就有了；進而有氏，是社會上有貴賤之分的時候起始的，後來再進，姓氏便合而爲一了。

古代人齒稀少，所以姓只百而已。其後生齒日繁，交通日廣，唐宋以後，遂有千姓萬姓以上的支別。我們小時候在私塾裏讀的百家姓，以趙氏起頭，大家都說她是宋初的東西，因爲當時南唐未滅，吳越王割據南方，勢正強盛，妃孫氏，故而百家姓之首，就是趙錢孫李的四族。其實通行本的百家姓，删繁就簡，主意只在取便閱讀而已，若以當時的姓氏來說，決不至有百家的。

古代姓氏的來源，旣係如此，則姓氏的在封建社會，家族制度上的重要，自然是可以不必說了。現在當我們正欲打破封建社會革除家族制度的時候，對這姓氏的存廢，當然是一個很可研究的大問題。五四時代，曾有人創議過廢姓；朋友中間的有幾位學科學的人，曾說廢姓之後，可以以號碼來代替姓名，譬如病院裏的患者，上海巡捕房的巡捕，單以第幾號第幾號來代替姓名，也沒有什麽不便。北平的玄同教授，也曾實行過這主張，作家中間，更有一位叫作廢名的先生。

說謊的衰落

說謊的衰落（The Decay of Lying），這是唯美者王爾特的一篇以對話來寫出的論文題目。他詆毀寫實主義，追懷古昔的美的虛幻世界，以爲說謊造謠的這種藝術，至近代而衰落盡了，所以他的同時代的作家，和稍古一點的英法前輩，一個個都受了他的警句的嘲弄。他說美國人的沒有好文學創製出來，就因爲他們的開國元勳的不知道說謊。華盛頓斧砍櫻樹的那一個傳說，就是窒塞殺美國人的創造本能的一種毒素。

王爾特的這種奇矯的見解，究竟對與不對，已經有許多文藝批評家暢論過了，我們暫且不去管牠。回頭來一看我們中國古今的文人，覺得在說謊造謠的藝術上，的確要比西洋人落後得多。成王剪桐葉爲圭，戲封叔虞，是何等有趣的雅事，而周公認眞，最好的一個謊，就被拆破。高趙指鹿爲馬，也是一個好玩意兒。但背後要加以刑誅，謀成實用，趣事就變成惡事了。

到了現代，這說謊的藝術，更加變得惡劣到了極頂，新聞記事，每因說謊而露出馬脚，小刊物的造謠說謊，惡劣當然更甚。不說別的，就說關於我個人的記事罷，有一個刊物，剛說過我在杭州奔走於三四流政客之門，鑽營牽拍，得了一個三十元一月的報屁股編輯；同時另一個刊物，却又說我在對雪賦詩，悠閒風雅到了無以復加；爲求這說謊話的像煞是眞起見，這位先生，還自絞腦汁，替我做了好幾首新又不新，舊又不舊的很有獨創性的詠雪詩。你想一般造謠的藝術，衰落到了如此的地步，中國的民族，還能創造得出大作品嗎？

傳記文學

中國的傳記文學，自太史公以來，直到現在，盛行着的，總還是列傳式的那一套老花樣。若論變體，則子孫爲祖宗飾門面的墓誌，哀啟，行述之類，所謂諛墓之文，或者庶乎近之。可是這些，也總是千篇一律，人人死後，一例都是智仁皆備的完人，從沒有看見過一篇活生生地能把人的弱點短處都刻劃出來的傳神文字。不過水滸也名曰傳，文藝批評家視爲一百零八人的合傳，阿Q也有正傳，新文學流行了十幾年的中間，只有阿Q最爲人所知道。若把這一類文學，都當作傳記來看，則孫悟空的西遊，董小宛的憶語，也都是傳記了，我所說的傳記文學，範圍決沒有這樣的廣闊。

那麼，中國所缺少的傳記文學，是那一種東西呢？正因爲中國缺少了這些，所以連一個例都尋找不出來。若從外國文學裏來找材料，則千古不朽的傳記作品，實在是很多很多。時代稍舊一點體例略近於史記而內容却全然不同的，有泊魯泰克 Plutarch的希臘羅馬偉人列傳。時代較近，把一人一世的言行思想，性格風度，及其周圍環境，描寫得極微盡致的，有英國鮑思威兒 Boswell 的約翰生傳。以飄逸的筆致，清新的文體，旁敲側擊，來把一個人的一生，極有趣味地敍寫出來的，有英國 Lytton Strachey的維多利亞女皇傳，法國 Maurois 的雪萊傳，皮貢司非而特公傳。此外若德國的愛米兒，露特唯希・若意大利的喬泛尼・巴披尼等等所作的生龍活虎似的傳記，舉起來眞舉不勝舉。

正唯其是中國缺少了這一種文學的傳記作家，所以近來市場上只行了些自唱自吹的自傳與帶襲帶抄的評傳之類；但從一代偉人像孫中山那樣的巨子，還在登報懸賞徵求傳記的一點看來，則中國傳記文學的衰落，也就可想而知了。

談結婚

前些日子，林語堂先生似乎曾說過女子的唯一事業，是在結婚。現在一位法國大文豪來滬，對去訪問他的新聞記者的談話之中，又似乎說，男子欲成事業，應該不要結婚。

華盛頓・歐文是一個獨身的男子，但見聞短記裏的一篇歌頌妻子的文章，却寫得那麼的優美可愛。同樣查而斯・蘭姆也是個獨身的男子，而愛麗亞的「獨身者的不平」一篇，又冷嘲熱諷，將結婚的男女和婚後必然的果子——小孩們——等，俏皮到了那一步田地。

究竟是結婚的好呢，還是不結婚的好？這問題似乎同先有鷄呢還是先有鷄蛋一樣，常常有人提起，而也常常沒有人解决過的問題。照大體看來，想租房子的時候，是無眷莫問的，想做官的時候，又是朝裏無裙莫做官的，想寫文章的時候，是獨身者不能寫我的妻的，凡此種種似乎都是結婚的好。可是要想結婚，第一要有錢，第二要有閑，第三要有職，這潘驢……的五個條件，却也很不容易辦到。更何况結婚之後，「兒子自己要來」，在這世界人口過剩，經濟恐慌，教育破產，世風不古的時候，萬一不愼，同蘭姆所說的一樣，兒子們去上了斷頭臺，那眞是連祖宗三代的楣都要倒盡，那裏還有什麽官人請！娘子請！的唱隨之樂可說呢？

左思右想，總覺得結婚也不好的，不結婚也是不好的。中庸之道若在男女之婚姻上能適用的話，我倒很想把某先生駁覆林先生的話再來加以吟味，先將同胞們都化成了像魏忠賢一樣的中性者來試試看如何？

暴力與傾向

明史裏有一段記載說：「燕王卽位，鐵鉉被執，入見；背立庭中，正言不屈；割其耳鼻，終不回顧。成祖怒，爇其肉納鉉口，令啖，曰：『甘乎？』厲聲曰：『忠臣之肉，有何不甘！』至死，罵不絕口。命盛油鑊，投屍煮之，撥使北向，輒轉向外。更令內侍以鐵棒夾之北向，成祖笑曰：『爾今亦朝我耶？』語未畢，油沸，內侍手皆爛，咸棄棒走，骨仍向外。」這一段記載的眞實性，雖然還有點疑問，因爲去今好幾世紀以前的事情，史官之筆，須打幾個折扣來讀，正未易言；但有兩點，却可以用我們所耳聞目睹的事實來作參證，料想牠的不虛。第一，是中國人用虐刑的天才，大約可以算得起世界第一了。就是英國的亨利八世，在歷史上的以暴虐著名的，但說到了用刑的一點，却還趕不上中國現代的無論那一處偵探隊或捕房暗探室裏的私刑。槓桿的道理，外國人發明了是用在機械上面的，而中國人會把牠去用在老虎凳上；電氣的發明，外國人是應用在日用的器具之上，以省物力便起居施療治的，而中國人獨能把牠應用作拷問之助。從這些地方看來，則成祖的油鍋，鐵棒，「割肉令自啖之」等等花樣，也許不是假話。第二，想用暴力來統一思想，甚至不惜用卑汚惡劣的手段，來使一般人臣服歸順的笨想頭，也是「自古已然，於今尤烈」的中國人的老脾氣。

可是，私刑儘管由你去用，暴力也儘管由你去加，但鐵鉉的屍骨，却終於不能夠使牠北面而朝，也是人類的一種可喜的傾向。「匹夫不可奪志也，」是中國聖經賢傳裏曾經提出過的口號。「除死無他罪，討飯不再窮，」是民間用以自硬的阿Q的強詞。可惜成祖還見不及此，否則油鍋，鐵棒等麻煩，都可以省掉，而明史的史官，也可以略去那一筆記載了。

雨

周作人先生名其書齋曰苦雨，恰正與東坡的喜雨亭名相反。其實，北方的雨，却都可喜，因其難得之故。像今年那麼的水災，也並不是雨多的必然結果；我們應該責備治河的人，不事先預防，只曉得糊塗搪塞，虛糜國帑，一旦有事，就互相推諉，但救目前。人生萬事，總得有個變換，方覺有趣；生之於死，喜之於悲，都是如此，推及天時，又何嘗不然？無雨那能見晴之可愛，沒有夜也將看不出晝之光明。

我生長江南，按理是應該不喜歡雨的；但春日暝濛，花枝枯竭的時候，得幾點微雨，又是一件多麼可愛的事情！『小樓一夜聽春雨』，『杏花春雨江南』，『天街細雨潤如酥』，從前的詩人，早就先我說過了。夏天的雨，可以殺暑，可以潤禾，它的價值的大，更可以不必再說。而秋雨的霏微淒冷，又是別一種境地，昔人所謂『雨到深秋易作霖，蕭蕭難會此時心』的詩句，就在說秋雨的耐人尋味。至於秋女士的『秋雨秋風愁煞人』的一聲長歎，乃別有懷抱者的托辭，人自愁耳，何關雨事。三冬的寒雨，愛的人恐怕不多。但『江關雁聲來渺渺，燈昏宮漏聽沈沈』的妙處，若非身歷其境者決領悟不到。記得曾賓谷曾以詩品中語名詩，叫作賞雨茅屋齋詩集。他的詩境如何，我不曉得，但『賞雨茅屋』這四個字，眞是多麼的有趣！尤其是到了冬初秋晚，正當『蒼山寒氣深，高林霜葉稀』的時節。

婿鄉年節

一看到了婿鄉的兩字，或者大家都要聯想到淳于髠的賣身投靠上去。我可沒有坐吃老婆飯的福分，不過杭州兩字實在用膩了，改作婿鄉，庶幾可以換一換新鮮；所以先要從杭州舊曆年底老婆所做的種種事情說起。

第一，是年底的做粽子與棗餅。我說：『這些東西，做牠作啥！』老婆說：『橫竪是沒有錢過年了，要用索性用牠一箇精光，糴兩斗糯米來玩玩，比買航空劵總好些。』於是乎就有了粽子與棗餅。

第二，是年三十晚上的請客。我說：『請什麼客呢？到杭州來吃他們幾頓，不是應該的麼？』老婆說：『你以為他們都是你丈母娘——據風雅的先生們說，似乎應該稱作泰水的——屋裏的人麼？禮尙往來，吃人家的吃得那麼多，不囘請一次，倒好意思？』於是乎就請客。

酒是杭州的來得賤，菜只敎自己做做，也不算貴。麻煩的，是客人來之前屋裏廚下的那一種兵荒撩亂的樣子。

年三十的午後，廚下頭刀兵齊舉，屋子裏火辣煙燻，我一箇人坐在客廳上吃悶酒。一位剛從歐洲囘來的同鄉，從旅舍裏來看我，見了我的悶悶的神氣，弄得他說話也不敢高聲。小孩兒下學囘來了，一進門就吵得厲害，我打了他們兩箇嘴巴。這位剛從文明國裏囘來的紳士，更看得難受了，臨行時便悄悄留下了一封鈔票，預備着救一救我當日的急。其實，經濟的壓迫，倒也並不能夠使我發愁，不過近來酒性不好，文章不敢寫了以後，喝一點酒，老愛罵人。罵老婆不敢罵，罵用人不忍罵，罵天地不必罵，所以微醉之後，總只以五歲三歲的兩箇兒子來出氣。

天晚了，客人也到齊了，菜還沒有做好，於是乎先來一次五百攢。輸了不甘心，羸了不肯息，就再來一次再來一次的攪了下去。肚皮餓得精癟，膀胱賬得蠻大，還要再來一次。結果弄得頭鷄叫了，夜飯纔茲吃完。有的說，『到靈隱天竺去燒頭香去罷，』有的說，『上城隍山去看熱鬧去罷！』人數多了，意見自然來得雜。誰也不願意贊成誰，九九歸原，還是再來一次。

天白茫茫的亮起來了，門外頭爆竹聲也沒有，鑼鼓聲也沒有，百姓眞如喪了考妣。屋裏頭，只剩了幾盞黃黃的電燈，和一排油滿了的倦臉。地上面是瓜子殼，橘子皮，香煙頭，和散銅板。

人雖則大家都支撐不住了，但因爲是元旦，所以連貶着眼睛，連打着呵欠，也還在硬着嘴說要上那兒去，要上那兒去。

客散了，太陽出來了，家裏的人都去睡覺了；我因爲天亮的時侯的酒意未消，想駡人又沒有了人駡，所以只輕脚輕手地偷出了大門，偷上了城隍山的極頂。一箇人立在那裏擧目看看錢塘江的水，和隔岸的山，以及穿得紅紅綠綠的許多默默無言的善男信女，大約是忽而想起了王小二過年的那齣滑稽悲劇了罷，肚皮一捧，我竟哈哈，哈哈，哈哈的笑了出來，同時也打了幾箇大聲的噴嚏。

囘來的時候，到了城隍山脚下的元寳心，我聽見走在我前面的一位鄉下老太太，在輕輕地對一位同行的中年婦人說：『今年眞倒霉，大年初一，就在城隍山上遇見了一箇瘋子。』

雜談七月

陰曆的七月天，實在是一年中最好的時候，所謂「已涼天氣未寒時」也，因而民間對於七月的傳說，故事之類，也特別的多。詩人善感，對於秋風的慘澹，會發生感慨，原是當然。至於一般無敏銳感受性的平民，對於七月，也會得這樣謳歌頌揚的原因，想來總不外乎農忙已過，天氣清涼，自已可以安穩來享受自已的勞動結果的緣故；雖然在水旱成災，豐收也成災，農村破產的現代中國，農民對於秋的感覺如何，許還是一個問題。

七月裏的民間傳說最有詩味的，當然是七夕的牛郎織女的事情。小泉八雲有一册銀河故事，所記是，是日本鄉間，於七夕晚上，懸五色詩箋於竹竿，擲付淸溪，使水流去的雅人雅事，中間還譯了好幾首日本的古歌在那裏。

其次是七月十五的盂蘭盆會；這典故的出處，大約是起因於盂蘭盆經的目蓮救母的故事的，不過後來愈弄愈巧，便有刻木割竹，飴蠟剪彩，模花葉之形狀等妙技了。日本鄉間，在七月十五的晚上，幷且有男女野舞，直舞到天明的習俗，名曰盆踊，鄙人在日光，鹽原等處，曾有幾次躬逢其盛，覺得那一種農民的原始的跳舞，與月下的鄉村男女酬歌戲謔的情調，實在是有些寫不出來的愉快的地方。這些日本的七月裏的遺俗，不知道是不是我們隋唐時代的國產，這一點，倒很想向考據家們請教一番。

因目蓮救母的故事而來的點綴，還有七月三十日的放河燈與插地藏香等鬧事。從前寄寓在北平什刹海的北岸，每到秋天，走過積水潭的淨業庵頭，就要想起王次回的「秋夜河燈淨業庵」那一首絕句。聽說紹興有大規模的目蓮戲班和目蓮戲本，不知道這目蓮戲在紹興，是不是也是農民在七月裏的業餘餘興？

杭州的八月

杭州的廢歷八月，也是一個極熱鬧的月份。自七月半起，就有桂花栗子上市了，一入八月，粟子更多，而滿覺隴南高峯翁家山一帶的桂花，更開得來香氣醉人。八月之名桂月，要身入到滿覺隴去過一次後，纔領會到這名字的相稱。

除了這八月裏的桂花，和中國一般的八月半的中秋佳節之外，在杭州還有一個八月十八的錢塘江的潮汛。

錢塘的秋潮，老早就有名了，傳說就以爲是吳王夫差殺伍子胥沈之於江，子胥不平，鬼在作怪之故。論衡裏有一段文章，駁斥這事，說得很有理由；『儒書言，「吳王夫差殺伍子胥，煮之於鑊，盛於囊，投之於江，子胥恚恨，臨水爲濤，溺殺人。」夫言吳王殺伍子胥，投之於江，實也；言其恨恚，臨水爲濤者，虛也。且衞菹子路，而漢烹彭越，子胥勇猛，不過子路彭越，然二子不能發怒於鼎鑊之中，子胥亦然，自先入鼎鑊，後乃入江，在鑊之時其神豈怯而勇於江水哉？何其怒氣前後不相副也？』可是論衡的理用雖則充足，但傳說的力量，究竟十分偉大，至今不但是錢塘江頭，就是廬州城內淝河岸邊，以及江蘇福建等濱海傍湖之處，仍舊還看得見塑着白馬素車的伍大夫廟。

錢塘江的潮，在古代一定比現時還要來得大。這從高僧傳唐靈隱寺釋寶達，誦咒咒之，江潮方不至激射湖上諸山的一點，以及南宋高宗看潮，只在江干候潮門外搭高臺的一點看來，就可以明白。現在則非要東去海寧，或五堡八堡，纔看得見銀海潮頭一綫來了。這事情從阮元的揅經室集浙江圖考裏，也可以看得到一些理由，而江身沙漲，總之是潮不遠上的一個最大原因。

還有梁開平四年，錢武肅王為築桿海塘，而命強弩數百射濤頭，也只在候潮通江門外。至今海寧江邊一帶的鐵牛鎮鑄，顯然是師武肅王的遺意，後人造作的東西。（我記得鐵牛鑄成的年分，是在清順治年間，牛身上印在那裏的文字，還隱約辨得出來。）

滄桑的變革，實在厲害得很，可是杭州的住民，直到現在，在靠這一次秋潮而發點小財，做些買賣的，為數却還不少哩！

寂寞的春朝

大約是年齡大了一點的緣故罷？近來簡直不想行動，只愛在南窗下坐着晒晒太陽，看看舊籍，吃點容易消化的點心。

今年春暖，不到廢曆的正月，梅花早已開謝，盆裏的水仙花，也已經香到了十分之八了。因為自家想避靜，連元旦應該去拜年的幾家親戚人家都懶得去。飯後瞌睡一醒，自然只好翻翻書架，檢出幾本正當一點的書來閱讀。順手一抽，却抽着了一部退補齋刻的陳龍川的文集。一册一册的翻閱下去，覺得中國的現狀，同南宋當時，實在還是一樣。外患的迭來，朝廷的蒙昧，百姓的無智，志士的悲哽，在這中華民國的二十四年，和孝宗的乾道淳熙，的確也沒有什麼絕大的差別，從前有人弔岳飛說：「憐他絕代英雄將，爭不遲生付孝宗！」但是陳同甫的中興五論，上孝宗皇帝的三書，畢竟又有點什麼影響？

讀讀古書，比比現代，在我原是消磨春晝的最上法門。但是且讀且想，想到了後來，自家對自家，也覺得起了反感。在這樣好的春日，又當這樣有爲的壯年，我難道也只能同陳龍川一樣，做點悲歌慷慨的空文，就算了結了麼？但是一上書不報，再上，三上書也不報的時候，究竟一條獨木，也支不起大廈來的。爲免去精神的浪費，爲避掉親友的來擾，我還是拖着雙脚，走上城隍山去看熱鬧去。

自從遷到杭州來後，這城隍山眞對我發生了絕大的威力。心中不快的時候，閑散無聊的時候，大家熱鬧的時候，風雨晦冥的時候，我的唯一的逃避之所就是這一堆看去也並不高大的石山。去年舊歷的元旦，我是上此地來過的；今年雖則年歲很荒，國事更壞，但山上的香烟熱鬧，綠女紅男，還是同去年一樣。對花濺淚，怕要惹得旁人說煞風景；不得已我只好於背着手走下山來的途中，哼牠兩句舊詩：

「大地春風十萬家，偏安原不損繁華。輸降表已傳關外，冊帝文應出海涯。北闕三書終失策，暮年一第亦微瑕。千秋論定陳同甫，氣壯詞雄節較差。」走到了寓所，連題目都想好了，是「乙亥元日，讀陳龍川集，有感時事」。

一九三五年二月四日

春愁

說秋月不如春月的，畢竟是「只解歡娛不解愁」的女孩子們的感覺，像我們男子，尤其是到了中年的我們這些男子，恐怕到得春來，總不免有許多懊惱與愁思。

第一，生理上就有許多不舒服的變化；腰骨會感到酸痛，全體筋絡，會覺得疏懶。做起事情來，容易厭倦，容易顛倒。由生理的返射，心理上自然也不得不大受影響。譬如無緣無故會感到不安，恐怖，以及其他的種種心狀，若焦燥，煩悶之類。

而感覺得最切最普遍的一種春愁，却是「生也有涯」的我們這些人類和周圍大自然界的對比。

年去年來，花月風雲的現象，是一度一番，會重新過去，從前是常常如此，將來也决不會改變的。可是人呢？號爲萬物之靈的人呢？却一年比一年的老了。由渾噩無知的童年，一進就進入了滿貯着性的苦悶，智的苦悶的青春。再不幾年，就得漸漸的衰，漸漸的老下去。

從前住在上海，春天看不見花草，聽不到鳥聲，每以爲無四季變換的洋場十里，是勞働者們的永久地獄。對於春，非但感到了恐怖，幷且也感到了敵意，這當然是春愁。現在住上了杭州，到處可以看湖山，到處可以聽黃鳥，但春濃反顯得人老，對於春又新起了一番妒意，春愁可更加厚了。

在我箇人，幷且還有一種每年來復的神經性失眠的症狀，是從春暮開始，入夏劇烈，到秋方能痊治的老病。對這死症的恐怖，比病上了身，實際上所受的肉體的苦痛還要厲害。所以春對我，絕對不能融洽，不能忍受。年紀輕一點的時候，每思到一箇終年沒有春到的地方去做人；在當時單憑這一種幻想，也可以把我的春愁減殺一點，過幾刻快活的時間。現在中年了，理智發達，頭腦固定，幻想沒有了。一遇到春，就只有愁慮，只有恐懼。

去年因爲新搬上杭州來過春天，近郊的有許多地方，還不曾去跑過，所以二三四的幾箇月，就完全化去在閑行跋涉的筋肉勞働之上，覺得身體還勉強對付了過去。今年可不對了，曾經去過的地方，不想再去，而新的可以娛春的方法，又還沒有發見。去旅行麼？既無同伴，又缺少旅費。讀書麼？寫文章麼？未拿起書本，未捏着筆，心裏就煩燥得要命。喝酒也豈能長醉，戀愛是尤其沒有資格了。

想到了最後，我只好希望着一種不意的大事件的發生，譬如「一二八」那麼的飛機炸彈的來臨，或大地震大革命的勃發之類，或者可以把我的春愁驅散，或者簡直可以把我的軀體毀去；但結果，這當然也不過是一種無望之望的同少年時代一樣的一種幻想而已。

一九三五年二月十五日

玉皇山

杭州西湖的周圍，第一多若是蚊子的話，那第二多當然可以說是寺院裏的和尚尼姑等世外之人了。若五台，普陀各佛地靈場，本來爲出家人所獨占的共和國，情形自然又當別論；可是你若上湖濱去散一回步，注意着試數牠一數，大約平均隔五分鐘總可以見到一位緇衣禿頂的佛門子弟，漫然闊步在許多摩登士女的中間；這，說是湖山的點綴，當然也可以。

杭州的和尚尼姑，雖則多到了如此，但道士可並不見得比別處更加令人觸目，換句話說，就是數目並不比別處特別的多。建炎南渡，推崇道教，甚至官位之中，也有宮觀提舉的一目；而上皇，太后，宮妃、藩主等退隱之所，大抵都是道觀，一脈相沿，按理而講，杭州是應該成爲道教的中心區域的，但事實上却又不然。西湖游覽志裏所說的那些城內外的勝蹟道院，現在大都只變了一箇地名，院且不存，更那裏來的道士？

西湖邊上，住道士的大寺觀，爲一般人所知道而且有時也去去的，北山只有一箇黃龍洞，南山當然要推玉皇山了。

玉皇山屹立在西湖與錢塘江之間，地勢和南北高峯堪稱鼎足；登高一望，西北看得盡西湖的烟波雲影，與夫圍繞在湖上的一帶山峯；西南是之江，葉葉風帆，有招之即來，揮之便去之勢；向東展望海門，一點巽峯，兩派潮路，氣象更加雄偉；至於隔岸的越山，江邊的巨塔，因爲是据高臨下的關係，俯視下去，倒覺得卑卑不足道了。像這樣的一座玉皇山，而又近在城南尺五之間，闔城的人，全湖的眼，天天在看牠，照常識來判斷，當然應該成爲湖上第一箇名區的，可是香火却終於沒有靈隱三竺那麼的興旺，我在私下，實在有點兒爲牠抱不平。

細想想，玉皇山的所以不能和靈隱三竺一樣的興盛，理由自然是有的，就是因爲牠的高，牠的孤峯獨立，不和其他的低巒淺阜聯結在一道。特立獨行之士，孤高傲物之輩，大抵不爲世諒，終不免飲恨而終的事例，就可以以這玉皇山的冷落來做證明。

唯其太高，唯其太孤獨了，所以玉皇山上自古迄今，終於只有一箇冷落的道觀；既沒有名人雅士的題詠名篇，也沒有豪紳富室的捐輸施捨，致弄得千餘年來，這一座襟長江而帶西湖的玉柱高峯，志書也沒有一部。光緒年間，聽說曾經有一位監院的道士——不知是否月中子？——托人編撰過一册薄薄的玉皇山志的，但牠的目的，只在蒐集公文案牘而已，記興革，述山川的文字是沒有的，與其稱牠作志，倒還不如說牠是契據的好。

我閑時上山去，於登眺之餘，每想讓出幾箇月的工夫來，爲這一座山，爲這一座山上的寺觀，抄集些像志書材料的東西；可是蓄志多年，看書也看得不少，但所得的結果，也僅僅二三則而已。這山唐時爲玉柱峯，建有玉龍道院；宋時爲玉龍山，或單稱龍山，以與東面的鳳凰山相對，使符郭璞龍飛鳳舞到錢塘之句；入明無爲宗師，創建福星觀，供奉玉皇上帝，始有玉皇山的這一箇名字。清康熙年間，兩浙總督李敏達公，信堪輿之說，以爲離龍囘首，所以城中火患頻仍，就在山頭開了日月兩池，山腰造了七隻鉄缸，以像北斗七星之像，合之紫陽山上的坎卦石和北城的水星閣，作了一箇大大的鎮火災的迷陣，於是玉皇山上的七星缸也就著名了。洪楊時毀後，又由楊昌濬總督重修了一次，現在的道觀，却是最近的監院紫東李道士的中興工業；聽說已經化去了十餘萬金錢，還沒有完工哩。這玉皇是山寺觀興廢的大略，係道士向我述說的歷史；而田汝成的游覽志裏所之記，却又有點不同，他說：『龍山一名臥龍山，又名龍華山，與上下石龍相接。山北有鴻雁池，其東爲白塔嶺。上有天眞禪寺，梁龍德中錢王建寺，今唯一庵存焉。山腰爲登雲臺，又名拜郊臺，蓋錢王僭郊天地之所也。宋籍田在山麓天龍寺下，中阜規圓，環以溝塍，作八卦狀，俗稱九宮八卦田，至今不紊。山旁有宋郊壇。』

關於玉皇山的歷史，大約盡於此了，至於八卦田外的九連塘（或作九蓮塘），以及慈雲（東面）丁婆（西面）兩嶺的建築物古蹟等，當然要另外去考；而俗傳東面山頭的百花公主點將臺和海寧陳閣老的祖墳在八卦田下等神話，却又是無稽之談了。

玉皇山的壞處，實在也就是牠的好處。因爲平常不大有人去，因爲山高難以攀登，所以你若想去一遊，不會遇到成千成萬的下級遊人，如吳山的五狼八豹之類。并且紫來洞新開，東面由長橋而去的一條登山大道新闢，你只教有興致，有走三里山路的脚力，上去化牠一整天的工夫，看看長江，看看湖面，便可以把一切的世俗煩惱，一例都消得乾乾淨淨。我平時愛上吳山，可以借登高的遠望而消胸中的磈磊，可是磈磊大了，幾杯薄酒和小小的吳山，還消牠不得的時候，就只好上玉皇山去。去年秋天，記得曾和增嘏他們去過一次，大家都驚嘆爲杭州的新發現；今年也復去過兩回，每次總能夠發現一點新的好處，所以我說，玉皇山在杭州，倒像是我的一部祕藏之書；東坡食蠔，還有私意，我在這裏倒眞吐露了我的肺腑衷情。

廿四年十一月

浙江的今古

黃梨洲今水經述浙江的水源經過說：浙江——其源有二；一出徽洲婺源縣北七十里浙源山，名浙溪，一名漸溪。東流，經休寧縣南，率水入之（率水出休寧縣東南四十里率山）。至徽州，名徽溪，揚之水入焉（揚之水出績溪縣東六十里大鄣山，西流至臨溪，經歙縣界，抵府城西，入徽溪。）爲灘三百六十，至淳安縣南，爲新安江；又東，軒駐溪從北來注之（軒駐溪在淳安縣東五十里），又東，壽昌溪從南來注之（壽昌溪在壽昌縣六十里）。經建德縣界，至嚴州府城南，合衢水。一出衢州，金溪北注，文溪南來，（金溪源出開化縣馬金嶺，西北流，繞縣治，名金溪。又轉而東南流，經常山縣，東流，文溪入之。文溪出江山縣之石鼓山，東北流，永豐水注之；至江山縣南，名文溪；下流合於金溪。）會於衢州府城西二里，名信安溪。環城西北，東流入龍游縣界，號盈川溪。又東經蘭谿縣，東陽水入之。（東陽江其源出東陽縣大盆山，一出處州縉雲縣，雙溪合流，至府城南爲谷溪，西流爲蘭溪，至嚴州府城東南二里，入於浙。）又東至嚴州府城南，與歙江合浙水。又東至富春山，爲富春江；又東至桐廬，桐江北來注之。（桐江源出天目山，經桐廬縣北，三里入於富春江。）又東，浦陽江南來注之。（浦陽江源出金華府浦江縣西六十里深梟山，經浦江縣界，北流抵富陽，入於浙江。）又東至杭州府城東三里，爲錢塘江；又東，錢清曹娥二江入之。（錢清江在紹興府城西五十五里，曹娥江在紹興府城東南七十里，錢淸曹娥二水入於浙江，三水所會在紹興府城北三十里，謂之三江海口。）浙水又東，而入于海。

這是黃梨洲時代的浙水，去今三百多年，其間小溪漲塞，或新水衝注，變遷當然是有一點，可是大致總還是不錯。我也曾到過徽州婺源休寧等處，看見浙水水源，現在仍在東流。又去閩浙贛邊境時，亦曾留意看江山玉山各縣的溪流，雖則水名因地不同而屢易，但黃梨州所說的浙水源一出衢州之說，當然可信。所以現在的浙水經過，以及來源去路，還不難實地查考，而最不易捉摸的，却是古代的浙水水源和經過；因爲禹貢記水，周而不備，酈道元注水經又曲折而多臆說，并且重在飾詞，不務實際，是以很難置信。現在但依阮文達公揅經室集中的浙江圖考三卷，略記一記浙水在四千年中的變革經過。

禹貢『淮海唯揚州，彭蠡既豬，陽鳥攸居，三江既入，震澤底定』。照阮文達公的考證，則當時的三江，實卽岷江之北江中江南江，分歧於彭蠡之東，成三孔而入海者；南江一支，穿震澤(今太湖)西南行至杭州，經會稽山陰，至餘姚而入海，就是禹貢時的古浙江；後人不察，每以漸江穀水爲古浙江，實誤。這錯誤的由來，第一在於古人注三江的不確，如以松江婁江東江爲三江，或以松江浙江浦陽江爲三江之類。博學多聞如蘇東坡，解說三江，尙多歧異，餘人可以不必說了。山海經謂浙江出三天子都，郭氏注謂『地理志浙江出新安黟縣南蠻中，東入海，今錢塘浙江是也』，係誤漸江爲浙江之一大原因。出安徽黟縣者，爲漸江，是合入浙江之一水，非古浙江之本身，阮文達公引經据典，考證最詳。至酈道元注水經時，自震澤西南曲流之浙江故道，已經淤塞不通，故酈氏所注之浙江，曲折迴環，形成與現代之浙江完全不附之江水，且說來說去，完全以漸江爲浙江了。酈氏注中，關於轂水亦交代不淸，以轂水與浙江至錢塘縣而始合併，實不可通。班氏地理志，述浙江之交流分聚，較酈氏爲更明晰；大約以辭害意，未經實地查考的兩件弊病，是水經注的最大短處，也難怪錢伯敬要割裂水經注拿來當作美文讀本用了。

總之，經阮文達公的考證之後，我們可以知道現代的浙江實卽漸水轂水兩水的合流，亦卽黃梨洲今水經所說之浙江的二源。而古代的浙江，乃係岷江之南江，過震澤，經吳江石門，由杭州東面經過，出仁和縣臨平半山之西南，卽今塘棲地，復與漸水穀水會，折而東而北，由餘姚北面而入海的。

桑田滄海，變幻極多，古今來大水小溪的改道換流，也計不勝計。阮文達公爲一水名之故，不惜費數年的精力，與數萬字的文章，來證明前人之誤，以及古代水道的分流通塞，足見往時考据家的用心苦處。而前人田地後人收，我們讀到了阮公的浙江圖考，對於吳越的分疆，歷代戰局的進退開展，與夫數千年前的地理形勢，便瞭如指掌了；雖則只辨淸了水名一字之岐異，然而旣生爲浙人，則知道知道這一點掌故，也當然是足以自慰的一件快事。

住所的話

自以爲青山到處可埋骨的飄泊慣的流人，一到了中年，也頗以沒有一箇歸宿爲可慮；近來常常有求田問舍之心，在看書倦了之後，或夜半醒來，第二次再睡不着的枕上。

尤其是春雨蕭條的暮春，或風吹枯木的秋晚，看看天空，每會作賞雨茅屋及江南黃葉村舍的夢想；遊子思鄉，飛鴻倦旅，把人一年年弄得意氣消沈的這時間的威力，實在是可怕，實在是可恨。

從前很喜歡旅行，幷且特別喜歡向沒有火車飛機輪船等近代交通利器的偏僻地方去旅行。一步一步的緩步着，向四面絕對不曾見過的山川風物迴視着，一刻有一刻的變化，一步有一步的境界。到了地曠人稀的地方，你更可以高歌低唱，祖裼裸裎，把社會上的虛僞的禮節，謹嚴的態度，一齊洗去。人與自然，合而爲一，大地高天，形成屋宇，蟣蝨蟻虱，不覺其微，五嶽崐崙，也不見其大。偶或遇見些茅篷泥壁的人家，遇見些性情純樸的農牧，聽他們談些極不相干的私事，更可以和他們一道的悲，一道的喜。半歲的鷄娘，新生一蛋，其樂也融融，與國王年老，誕生獨子時的歡喜，並無什麽分別。黃牛吃草，嚼斷了麥穗數莖，今年的收獲，怕要減去一勺，其悲也戚戚，與國破家亡的流離慘苦，相差也不十分遠。

至於有山有水的地方呢，看看雲容巖影的變化，聽聽大浪嚙磯的音樂，應臨流垂釣，或松下息陰。行旅者的樂趣，更加可以多得如放翁的入蜀道，劉阮的上天台。

這一種好遊旅，喜飄泊的情性，近年來漸漸地減了；連有必要的事情，非得上北平上海去一次不可的時候，都一天天地在拖延下去，只想不改常態，在家吃點精緻的菜，喝點芳醇的酒，睡睡午覺，看看閑書，不願意將行動和平時有所移易；總之是懶得動。

而每次喝酒，每次獨坐的時候，只在想着計劃着的，却是一間潔淨的小小的住宅，和這住宅周圍的點綴與舖陳。

若要住家，第一的先決問題，自然是鄉村與城市的選擇。以清靜來說，當然是鄉村生活比較得和我更爲適合。可是把文明利器——如電燈自來水等——的供給，家人買菜購物的便利，以及小孩的教育問題等合計起來，却又覺得住城市是必要的了。具城市之外形，而又富有鄉村的景象之田園都市，在中國原也很多。北方如北平，就是一箇理想的都城；南方則未建都前之南京，瀕海的福州等處，也是住家的好地。可是鄉土的觀念，附着在一個人的腦裏，同毛髮的生於皮膚一樣，叢長着原沒有什麽不對，全脫了却也勢有點兒不可能。所以三年之前，也是在一箇春雨霏微的節季，終於聽了霞的勸告，搬上杭州來住下了。

杭州這一箇地方，有山有湖，還有文明的利器，兒童的學校，去上海也只有四箇鐘頭的火車路程，住家原沒有什麼不合適。可是杭州一般的建築物，實在太差，簡直可以說沒有一間合乎理想的住宅，舊式的房子呢，往往沒有院子，頂多頂多也不過有一堆不大有意義的假山，和一條其實是只能產生蚊子的魚池。所謂新式的房子呢，更加惡劣了，完全是上海弄堂洋房的抄襲，冬天住住，還可以勉強，一到夏天，就熱得比蒸籠還要難受。而大抵的杭州住宅，都沒有浴室的設備，公共浴場呢，又覺得不衞生而價貴。

所以自從遷到杭州來住後，對於住所的問題，更覺得切身地感到了。地皮不必太大，只教有半畝之宮，一畝之隙，就可以滿足。房子亦不必太講究，只須有一處可以登高望遠的高樓，三間平屋就對。但是圖書室，浴室，貓狗小舍，兒童遊嬉之處，灶房，却不得不備。房子的四周，一定要有闊一點的迴廊；房子的內部，更需要亮一點的光線。此外是四周的樹木和院子裏的草地了，草地中間的走路，總要用白沙來舖纔好。四面若有鄰舍的高牆，當然要種些爬山虎以掩去牆頭，若係曠地，只須植一道矮矮的木柵，用黑色一塗就可以將就。門窗當一例以厚玻璃來做，屋瓦應先釘上鉛皮，然後再覆以茅草。

照這樣的一箇計劃來建築房子，大約總要有二千元錢來買地皮四千元錢元來充建築費，纔有點兒希望。去年年底，在微醉之後，將這私願對一位朋友說了一遍，今年他果然送給了我一塊地，所以起樓臺的基礎，倒是有了。現在只在想籌出四千元錢的現款來建造那一所理想的住宅。胡思亂想的結果，在前兩三箇月裏，竟發了瘋，將烟錢酒錢省下了一半，去買了許多獎劵；可是一回一回的買了幾次，連末尾也不曾得過，而吃了壞烟壞酒的結果，身體却顯然受了損害了。閑來無事，把這一番經過，對朋友一說，大家笑了一場之後，就都爲我設計，說從前的人，曾經用過的最上妙法，是發自己的訃聞，其次是做壽，再其次是兜會。

可是爲了一己的舒服，而累及親戚朋友，也着實有點說不過去，近來心機一轉，去買了些芥子園，三希堂等畫譜來，在開始學畫了；原因是想靠了賣畫，來造一所房子，萬一賣畫，仍舊是不能吃飯，那麼至少至少，我也可以畫許多房子，掛在四壁，給我自己的想像以一頓醉飽，如饑者的畫餅，旱天的畫雲霓。這一箇計劃，若不至於失敗，我想在半年之後，總可以得到一點慰安。

記風雨茅廬

自家想有一所房子的心願，已經起了好幾年了；明明知道創造慾是好，所有慾是壞的事情，但一輪到了自己的頭上，總覺得衣食住行四件大事之中的最低限度的享有，是不可以不保住的。我衣並不要錦銹，食也自甘於藜藿，可是住的房子，代步的車子，或者至少也必須一雙襪子與鞋子的限度，總得有了纔能說話。況且從前曾有一位朋友勸過我說，一個人旣生下了地，一塊地却不可以沒有，活着可以住住立立，或者睡睡坐坐，死了便可以挖一個洞，將己身來埋葬；當然這還是沒有火葬，沒有公墓以前的時代的話。

自搬到杭州來住後，於不意之中，承友人之情，居然弄到了一塊地，從此葬的問題總算解決了；但是住呢，佔據的還是別人家的房子。去年春季，寫了一篇短短的應景而不希望有什麽結果的文章，說自己只想有一所小小的住宅；可是發表了不久，就來了一個回響。一位做建築事業的朋友先來說：『你若要造房子，我們可以完全効勞』；一位有一點錢的朋友也說：『若通融得少一點，或者還可以想法』。四面一湊，於是起造一個風雨茅廬的計劃卽便成熟到了百分之八十，不知我者謂我有了錢，深知我者謂我冒了險，但是有錢也罷，冒險也罷，入秋以後，總之把這笑話勉強弄成了事實，在現在的寓所之旁，也竟丁丁篤篤地動起了工，造起了房子。這也許是我的 Folly，這也許是朋友們對於我的過信，不過從今以後，那些破舊的書籍，以及行軍床，舊馬子之類，却總可以不再去周遊列國，學夫子的栖栖一代了，在這些地方，所有慾原也有牠的好處。

本來是空手做的大事，希望當然不能過高；起初我只打算以茅草來代瓦，以塗泥來作壁，起牠五間不大不小的平房，聊以過過自己有一所住宅的癮的；但偶爾在親戚家一談，却談出來了事情。他說：『你要造房屋，也得揀一個日，看一看方向；古代的周易，現代的天文地理，却實在是有至理存在那裏的呢！』言下他還接連舉出了好幾個很有徵驗的實例出來給我聽，而在座的其他三四位朋友，並且還同時做了塡具脚踏手印的見證人。更奇怪的，是他們所說的這一位具有通天入地眼的奇蹟創造者，也是同我們一樣，讀過哀皮西提，演過代數幾何，受過現代高等教育的學校畢業生。經這位親戚的一介紹，經我的一相信，當初的計劃，就變了卦，茅廬變作了瓦屋，五開間的一排營房似的平居，拆作了三開間兩開間的兩座小蝸廬。中間又起了一座牆，牆上更挖了一個洞；住屋的兩旁，也添了許多間的無名的小房間。這麽的一來，房屋原多了不少，可同時債台也已經築得比我的風火圍牆還高了幾尺。這一座高台基石的奠基者郭相經先生，並且還在勸我說：『東南角的龍手太空，要好，還得造一間南向的門樓，樓上面再做上一層水泥的平台纔行』。他的這一句話，又恰巧打中了我的下意識裏的一個痛處；在這隻空角上，我實在也在打算蓋起一座塔樣的樓來，樓名是十五六年前就想好的，叫作『夕陽樓』。現在這一座塔樓，雖則還沒有蓋起，可是只打算避避風雨的茅廬一所，却也塗上了朱漆，嵌上了水泥，有點像是外國鄉鎮裏的五六等貧民住宅的樣子了；自己雖則不懂陽宅的地理，但在光線不甚明亮的清早或薄暮看起來，倒也覺得郭先生的設計，並沒有弄什麼玄虛，和科學的方法，仍舊還是對的。所以一定要在光線不甚明亮的時候看的原因，就因爲我的膽子畢竟還小，不敢空口說大話要包工用了最好的材料來造我這一座貧民住宅的緣故。這倒還不在話下，有點兒覺得麻煩的，却是預先想好的那個風雨茅廬的風雅名字與實際的不符。縐眉想了幾天，又覺得中國的山人並不入山，兒子的小犬也不是狗的玩意兒，原早已有人在幹了，我這樣小小的再說一個並不害人的謊，總也不至於有死罪。況且西湖上的那間巍巍乎有點像先施永安的堆棧似的高大洋樓之以××草舍作名稱，也不曾聽見說有人去干涉過。多一事不如少一事，九九歸原，還是照最初的樣子，把我的這間貧民住宅，仍舊叫作了避風雨的茅廬。橫額一塊，却是因馬君武先生這次來杭之便，硬要他伸了瘋痛的右手，替我寫上的。

一九三六年一月十日

故都的秋

秋天，無論在什麼地方的秋天，總是好的；可是啊，北國的秋，却特別地來得清，來得靜，來得悲涼。我的不遠千里，要從杭州趕上青島，更要從青島趕上北平來的理由，也不過想飽嘗一嘗這『秋』，這故都的秋味。

江南，秋當然也是有的；但草木凋得慢，空氣來得潤，天的顏色顯得淡，並且又時常多雨而少風；一個人夾在蘇州上海杭州，或廈門香港廣州的市民中間，渾渾沌沌地過去，只能感到一點點清涼，秋的味，秋的色，秋的意境與姿態，總看不飽，嘗不透，賞玩不到十足。秋並不是名花，也並不是美酒，那一種半開，半醉的狀態，在領略秋的過程上，是不合式的。

不逢北國之秋，已將近十餘年了。在南方每年到了秋天，總要想起陶然亭的蘆花，釣魚臺的柳影，西山的蟲唱，玉泉的夜月，潭柘寺的鐘聲。在北平即使不出門去罷，就是在皇城人海之中，租人家一椽破屋來住着，早晨起來，泡一碗濃茶，向院子一坐，你也能看得到很高很高的碧綠的天色，聽得到青天下馴鴿的飛聲。從槐樹葉底，朝東細數着一絲一絲漏下來的日光，或在破壁腰中，靜對着像喇叭似的牽牛花（朝榮）的藍朵，自然而然地也能夠感覺到十分的秋意。說到了牽牛花，我以爲以藍色或白色者爲佳，紫黑色次之，淡紅者最下。最好，還要在牽牛花底，教長着幾根疏疏落落的尖細且長的秋草，使作陪襯。

北國的槐樹，也是一種能使人聯想起秋來的點綴。像花而又不是花的那一種落蕊，早晨起來，會鋪得滿地。脚踏上去，聲音也沒有，氣味也沒有，只能感出一點點極微細極柔軟的觸覺。掃街的在樹影下一陣掃後，灰土上留下來的一條條掃帚的絲紋，看起來旣覺得細膩，又覺得淸閑，潛意識下並且還覺得有點兒落寞，古人所說的梧桐一葉而天下知秋的遙想，大約也就在這些深沉的地方。

秋蟬的衰弱的殘聲，更是北國的特產；因爲北平處處全長着樹，屋子又低，所以無論在什麼地方，都聽得見牠們的啼唱。在南方是非要上郊外或山上去纔聽得到的。這秋蟬的嘶叫，在北平可和蟋蟀耗子一樣，簡直像是家家戶戶都養在家裏的家虫。

還有秋雨哩，北方的秋雨，也似乎比南方的下得奇，下得有味，下得更像樣。

在灰沈沈的天底下，忽而來一陣涼風，便息列索落的下起雨來了。一層雨過，雲漸漸地捲向了西去，天又青了，太陽又露出臉來了；著着很厚的青布單衣或夾襖的都市閑人，咬着烟管，在雨後的斜橋影裏，上橋頭樹底去一立，遇見熟人，便會用了緩慢悠閑的聲調，微嘆着互答着的說：

『唉，天可眞涼了——』（這了字念得很高，拖得很長。）

『可不是麼？一層秋雨一層涼啦！』

北方人念陣字，總老像是層字，平平仄仄起來，這念錯的歧韻，倒來得正好。

北方的菓樹，到秋來，也是一種奇景。第一是棗子樹；屋角，牆頭，茅房邊上，灶房門口，牠都會一株株的長大起來。像橄欖又像鴿蛋似的這棗子顆兒，在小橢圓形的細葉中間，顯出淡綠微黃的顏色的時候，正是秋的全盛時期；等棗樹葉落，棗子紅完，西北風就要起來了，北方便是塵沙灰土的世界，只有這棗子，柿子，葡萄，成熟到八九分的七八月之交，是北國的淸秋的佳日，是一年之中最好也沒有的Golden Days。

有些批評家說，中國的文人學士，尤其是詩人，都帶着很濃厚的頹廢色彩，所以中國的詩文裏，頌贊秋的文字特別的多。但外國的詩人，又何嘗不然？我雖則外國詩文念得不多，也不想開出賬來，做一篇秋的詩歌散文鈔，但你若去一翻英德法意等詩人的集子，或各國的詩文的 Anthology 來，總能夠看到許多關於秋的歌頌與悲啼。各著名的大詩人的長篇田園詩或四季詩裏，也總以關於秋的部分，寫得最出色而最有味。足見有感覺的動物，有情趣的人類，對於秋，總是一樣的能特別引起深沈，幽遠，嚴厲，蕭索的感觸來的。不單是詩人，就是被關閉在牢獄裏的囚犯，到了秋天，我想也一定會感到一種不能自已的深情；秋之於人，何嘗有國別，更何嘗有人種階級的區別呢？不過在中國，文字裏有一個『秋士』的成語，讀本裏又有着很普遍的歐陽子的秋聲與蘇東坡的赤壁賦等，就覺得中國的文人，與秋的關係特別深了。可是這秋的深味，尤其是中國的秋的深味，非要在北方，纔感受得到底。

南國之秋，當然是也有牠的特異的地方的，譬如廿四橋的明月，錢塘江的秋潮，普陀山的涼霧，荔枝灣的殘荷等等，可是色彩不濃，回味永。比起北國的秋來，正像是黃酒之與白乾，稀飯之與饃饃，鱸魚之與大蟹，黃犬之與駱駝。

秋天，這北國的秋天，若留得住的話，我願意把壽命的三分之二折去，換得一個三分之一的零頭。

一九三四八月，在北平

江南的冬景

凡在北國過過冬天的人，總都知道圍爐煑茗，或吃煊羊肉，剝花生米，飲白乾的滋味。而有地爐，暖坑等設備的人家，不管牠門外面是雪深幾尺，或風大若雷，而躲在屋裏過活的兩三個月的生活，却是一年之中最有勁的一段蟄居異境；老年人不必說，就是頂喜歡活動的小孩子們，總也是個個在懷戀的，因爲當這中間，有的是蘿蔔，雅兒梨等水菓的閒食，還有大年夜，正月初一元宵等熱鬧的節期。

但在江南，可又不同；冬至過後，大江以南的樹葉，也不至於脫盡。寒風——西北風——間或吹來，至多也不過冷了一日兩日。到得灰雲掃盡，落葉滿街，晨霜白得像黑女臉上的脂粉似的清早，太陽一上屋檐，鳥雀便又在吱叫，泥地裏便又放出水蒸氣來，老翁小孩就又可以上門前的隙地裏去坐着曝背談天，營屋外的生涯了；這一種江南的冬景，豈不也可愛得很麼？

我生長江南，兒時所受的江南冬日的印象，銘刻特深；雖則漸入中年，又愛上了晚秋，以爲秋天正是讀讀書，寫寫字的人的最惠節季，但對於江南的冬景，總覺得是可以抵得過北方夏夜的一種特殊情調，說得摩登些，便是一種明朗的情調。

我也曾到過閩粵，在那裏過冬天，和暖原極和暖，有時候到了陰歷的年邊，說不定還不得不拿出紗衫來着；走過野人的籬落，更還看得見許多雜七雜八的秋花！一番陣雨雷鳴過後，涼冷一點，至多也只好換上一件夾衣，在閩粵之間，皮袍綿襖是絕對用不着的；這一種極南的氣候異狀，並不是我所說的江南的冬景，只能叫牠作南國的長春，是春或秋的延長。

江南的地質豐腴而潤澤，所以含得住熱氣，養得住植物；因而長江一帶，蘆花可以到冬至而不敗，紅葉亦有時候會保持得三個月以上的生命。像錢塘江兩岸的烏桕樹，則紅葉落後，還有雪白的桕子着在枝頭，一點一叢，用照相機照將出來，可以亂梅花之眞。草色頂多成了赭色，根邊總帶點綠意，非但野火燒不盡，就是寒風也吹不倒的。若遇到風和日暖的午後，你一個人肯上冬郊去走走，則青天碧落之下，你不但感不到歲時的肅殺，并且還可以飽覺着一種莫名其妙的含蓄在那裏的生氣；「若是冬天來了，春天也總馬上會來」的詩人的名句，只有在江南的山野裏，最容易體會得出。

說起了寒郊的散步，實在是江南的冬日，所給與江南居住者的一種特異的恩惠；在北方的冰天雪地裏生長的人，是終他的一生，也决不會有享受這一種淸福的機會的。我不知道德國的冬天，比起我們江浙來如何，但從許多作家的喜歡以 Spaziergang 一字來做他們的創作題目的一點看來，大約是德國南部地方，四季的變遷，總也和我們的江南差仿不多。譬如說十九世紀的那位鄉土詩人洛在格（Peter Rosegger1843—1918）罷，他用這一個「散步」做題目的文章尤其寫得多，而所寫的情形，却又是大半可以拿到中國江浙的山區地方來適用的。

江南河港交流，且又地濱大海，湖沼特多，故空氣裏時含水分；到得冬天，不時也會下着微雨，而這微雨寒村裏的冬霖景象，又是一種說不出的悠閑境界。你試想想，秋收過後，河流邊三五家人家會聚在一道的一個小村子裏，門對長橋，窗臨遠阜，這中間又多是樹枝槎椏的雜木樹林；在這一幅冬日農村的圖上，再洒上一層細得同粉也似的白雨，加上一層淡得幾不成墨的背景，你說還夠不夠悠閒？若再要點些景緻進去，則門前可以泊一隻烏篷小船，茅屋裏可以添幾個喧嘩的酒客，天垂暮了，還可以加一味紅黃，在茅屋窗中畫上一圈暗示着燈光的月暈。人到了這一個境界，自然會得胸襟灑脫起來，終至於得失俱亡，死生不問了；我們總該還記得唐朝那位詩人做的「暮雨瀟瀟江上村」的一首絕句罷？詩人到此，連對綠林豪客都客氣起來了，這不是江南冬景的迷人又是什麽？

一提到雨，也就必然的要想到雪；「晚來天欲雪。能飲一杯無？」自然是江南日暮的雪景。「寒沙梅影路，微雪酒香村，」則雪月梅的冬宵三友，會合在一道，在調戲酒姑娘了。「柴門村犬吠，風雪夜歸人，」是江南雪夜，更深人靜後的景況。「前村深雪裏，昨夜一枝開」又到了第二天的早晨，和狗一樣喜歡弄雪的村童來報告村景了。詩人的詩句，也許不盡是在江南所寫，而做這幾句詩的詩人，也許不盡是江南人，但假了這幾句詩來描寫江南的雪景，豈不直截了當，比我這一枝愚劣的筆所寫的散文更美麗得多？

有幾年，在江南也許會沒有雨沒有雪的過一個冬，到了春間陰歷的正月底或二月初再冷一冷下一點春雪的；去年（一九三四）的冬天是如此，今年的冬天恐怕也不得不然，以節氣推算起來，大約大冷的日子，將在一九三六年的二月盡頭，最多也總不過是七八天的樣子。像這樣的冬天，下鄉人叫作旱冬，對於麥的收成或者好些，但是人口却要受到損傷；旱得久了，白喉，流行性感冒等疾病自然容易上身，可是想恣意享受江南的冬景的人，在這一種冬天，倒只會得感到快活一點，因爲晴和的日子多了，上郊外去閒步逍遙的機會自然也多；日本人叫作Hiking德國人叫作Spaziergang狂者，所最歡迎的也就是這樣的冬天。

窗外的天氣晴朗得像晚秋一樣；晴空的高爽，日光的洋溢，引誘得使你在房間裏坐不住，空言不如實踐，這一種無聊的雜文，我也不再想寫下去了，還是拿起手杖，擱下紙筆，上湖上散散步罷！

一九三五年十二月一日

山水及自然景物的欣賞

自從亞里士多德的文學模仿論創定以來，以爲詩的起源是根據於模仿本能的學說，到現在還沒有絕跡；論客的富有獨斷性者，甚至於說出「所有的藝術，都是自然的模仿；模仿得像一點，作品就偉大一點，文學是如此，繪畫亦如此，推而至於音樂，舞蹈，也無一不如此」等話來。這句話，雖則說得太獨斷，太籠統；但反過來說，自然景物以及山水，對於人生，對於藝術，都有絕大的影響，絕大的威力，却是一件千眞萬確的事情；所以欣賞山水以及自然景物的心情，就是欣賞藝術與人生的心情。

無論是一篇小說，一首詩，或一張畫，裏面總多少含有些自然的分子在那裏；因爲人就是上帝所造的物事之一，就是自然的一部分，決不能夠離開自然而獨立的。所以欣賞自然，欣賞山水，就是人與萬物調和，人與宇宙合一的一種諧合作用，照亞里士多德的說法，就是詩的起源的另一個原因，喜歡調和的本能的發露。

自然的變化，實在多而且奇，沒有準備的欣賞者，對於他的美點也許會捉摸不十分完全的；就單說一個天體能，早晨的日出，中午的晴空，旁晚的日落，都是最美也沒有的景象；若再配上以雲和影的交替，海與山的參錯，以及一切由人造的建築園藝，或種植畜牧的產物，如稻麥牛羊飛鳥家畜之類，則僅在一日之中，就有萬千新奇的變化，更不必去說暗夜的摹屋，月明的普照，或風雷雨雪的突變，與四季寒暖的更迭了。

我們人類，大家都有一種特性，就是喜新厭舊，每想變更的那一種怪習慣；不問是一個絕色的美人，你若與她日日相對，就要覺得厭膩，所以俗語裏有家花不及野花香的一句；或者是一碗最珍貴最可口的菜，你若每日吃着，到了後來，也覺得寧願去換一碗粗肴淡菜來下飯；唯有對於自然，就决不會發生這一種感覺，太陽自東方出來，西方下去，日日如此，年年如此，我們可沒有聽見說有厭看白天晚上的一定輪流而去自殺的人。還有月亮哩，也是只在那麽循行，自有地球有人類以來的一套老調，初一出，月半圓，月底全沒有，而無論那一處的無論那一個人，看了月亮，總沒有不喜歡的，當然瞎子又當別論了。自然的偉大，自然的與人類有不可須臾離的關係，就此一點也可以看出來了，這就是欣賞自然景物的人類的天性。

欣賞自然景物的本能，是大家都有的；不過有些人忙於衣食，不便沈酣於大自然的美景，有些人習以爲常了，雖在欣賞，也沒有欣賞的自覺，因而使一般崇拜自然美的人，得自命爲雅士，以爲自然景物，就只爲了他們少數人而存在的。更有些人，將自然範圍限制得很小，以爲能如此這般的欣賞，自然景物，就盡在他們的囊中了。下邊的四首歌曲，和一張節目，就是這些雅士們的欣賞自然的極致，我們雖則不能事事學他們，但從小處也可以見大，倒未始不是另一種欣賞自然景物的規範。

山居自樂（四季之歌見乾隆御製悅心集）　無名氏

愛山居，春色佳，有桃花有杏花；綠楊深處鶯兒罵，天陰草色連雲暖，夜靜花陰帶月斜。興來時，醉倒荼蘼下：這是俺山中和氣，豈戀他金谷繁華？（春）

愛山居，夏日長，撫蒼松坐翠篁；南風不用蒲葵扇，放開短髮迎朝爽，洗滌塵襟納晚涼。竹方床，一枕清無汗；這是俺山中瀟灑，豈戀他束帶矜莊？（夏）

愛山居，秋月清，白蘋洲紅蓼汀；芳菲黃菊開三徑，風前倚石吹長笛，月下焚香撫玉琴。木蘭花，墜露朝堪飲；這是俺山中雅淡，豈戀他人世紅塵？（秋）

愛山居，冬景餘，掩柴門著道書；紅爐榾柮煨山芋，開窗積雪千峯白，繞屋梅花幾樹疏。興來時，驢背閑尋句；這是俺山中冷趣，豈戀他車馬馳驅？(冬)

明高濂稚尙齋四時幽賞目錄：

孤山月下看梅花。八卦田看菜花。虎跑泉試新茶。保叔塔看曉山。西溪樓啖煨筍。登東城望桑麻。三塔基看春草。初陽臺望春樹。山滿樓觀柳。蘇堤看桃花。西泠橋玩落月。天然閣上看雨。(以上春時幽賞。)蘇堤看新綠。東郊玩蠶山。三生石談月。飛來洞避暑。壓堤橋夜宿。湖心亭採蓴。晴湖視水面流虹。山晚聽輕雷斷雨。乘露剖蓮滌藕。空亭坐月鳴琴。觀湖上風雨欲來。步山徑野花幽鳥。(以上夏時幽賞。)西泠橋畔醉紅樹。寶石山下看塔燈。滿家衖賞桂花。三塔基聽落雁。勝果寺月岩望月。水樂洞雨後聽泉。資巖山下看石筍。北高峯頂觀雲海。策杖林園訪菊。乘舟風雨聽蘆。保叔塔頂觀海日。六和塔夜玩風潮。（以上秋時幽賞。）湖凍初晴遠泛。雪霽策蹇尋梅。三節山頂望江天雪霽。西溪道中玩雪。山頭玩賞茗花。登眺天目絕頂。山居聽人說書。掃雪烹茶玩畫。雪夜煨芋談禪，山窗聽雪敲竹。除夕登吳山看松盆。雪後鎮海樓看晚炊。（以上冬時幽賞。）（錄自西湖集覽）

這些原也不免有點過於自命風雅，弄趣成俗之嫌；可是對於有些天良喪盡，人性全無的衣冠禽獸，倒也可以給他們一個警告，教他們不要忘掉自然。我從前在北平的時候，就有一位同事，是專門學法律的人，他平時只曉得鑽門路，積私財，以昇官發財爲唯一的人生樂趣，你若約他上中央公園去喝一碗茶，或上西山去行半日樂，他就說這是浪漫的行徑，不是學者所應有的態度。現在他居然位至極品，財積到了幾百萬了，但聞他唯一娛樂，還是出外則裝學者的假面，回家則翻存在英國銀行裏的存摺，對於自然，對於山水，非但不曉得欣賞，幷且還是視若仇敵似的。對於這一種利慾薰心的人，我以爲對症的良藥，就只有一服山水自然的清涼散，到這裏，前面所開的那兩個節日，倒眞合用了；因爲山水，自然，是可以使人性發現，使名利心減淡，使人格淨化的陶冶工具。我想中國貪官汚吏的輩出，以及一切政治施設都弄不好的原因，一大半也許是在於爲政者的昧了良心，忽略了自然之所致。

自然景物所包涵的方面，原是極博大，極廣闊的；像上面所說的天地歲時，社會人事，靜而觀之，無一不是自然，無一不可以資欣賞，但這却非要悠閑自得，像朱夫子那麽的道學先生纔辦得到；至於我們這種庸人，要想得到些自然的美感，第一，還是上山水佳處去尋生活，較爲直截了當；古今來，閑人達士的遊山玩水的習慣的不易除去，甚至於有渴慕烟霞成癇疾的原因，大約總也就在這裏。

大抵山水佳處，總是自然景物的美點發揮得最完美，最深刻的地方；孔夫子到了川上，就覺悟到了他的栖栖一代，獵官求仕之非；太史公遊覽了名山大川，然後才死心蹋地，去發憤而著書，從知我們平時所感受不到的自然的威力，到了山高水長的風景聚處，就會得同電光石火一樣，閃耀到我們的性靈上來；古人的講學讀書，以及修眞求道的必須要入深山傍大水去結廬的理由，想來也就在想利用這一點山水所給與人的自然的威力。

我曾經到過日本的瀨戶內海去旅行，月夜行舟，四面的淸葱欲滴，當時我就只想在四國的海岸做一個半漁半讀的鄉下農民；依船樓而四望，眞覺得物我兩忘，生死全空了。後來也登過東海的勞山，上過安徽的黃嶽，更在天台雁宕之間，逗留過一段時期，每到一處，總沒有一次不感到人類的渺小，天地的悠久的；而對於自然的偉大，物慾的無聊之念，也特別的到了高山大水之間，感覺得最切。所以要想欣賞自然的人，我想第一着還是先上山水優秀的地方去訓練耳目，最爲適當。

從前有一個讚美英國十九世紀的那位美術批評家拉斯肯的人說，他在沒有讀過拉斯肯以前，對於繪畫，對於蒙勃蘭高峯的積雪晴雲，對於威尼斯，弗露蘭斯的壁畫殿堂，猶如瞎子，讀了之後，眼就開了。這話對於高深的藝術品的欣賞，或者是眞的，但對於自然美，尤其是山水美的感受，我想也未必盡然。粗枝大略的想欣賞自然，欣賞山水，不必要有學識，有鑒賞力的人纔辦得到的；鄉下愚夫愚婦的千里進香，都市裏寄住的小市民的窗檻栽花，都是欣賞自然的心情的一絲表白。我們只教天良不泯，本性尙存，則但憑我們的直覺，也就儘夠做一個自然景物與高山大水的初步欣賞者了。

屠格涅夫的「羅亭」問世以前

在許許多多古今大小的外國作家裏面，我覺得最可愛，最熟悉，同他的作品交往得最久而不會生厭的，便是屠格涅夫。這在我也許是和人不同的一種特別的偏嗜，因爲我的開始讀小說，開始想寫小說，受的完全是這一位相貌柔和，眼睛有點憂鬱，繞腮鬍長得滿滿的北國巨人的影響。但從他的長短作品，差不多有四分之三，都被中國翻譯出了的一點看來，則屠格涅夫的崇拜者，在中國，也决不是僅僅只幾箇弄弄文筆的人的這件事情，也很明白。

他於一八一八年十月二十八日，生於奧料兒（Oryol）的一家貴族（本爲韃靼系）之家。一八二九年入一私塾，初學英文。一八三二年至三三年間，生了一場大病，由童年一變而爲青年，身體也長高了，愛好文學夢想的傾向也堅定了，一八三三年滿十五歲的前後，當進莫斯科大學的時候，他居然是一位身體強健，背脊略駝的成人了。在莫斯科大學修完了一年業後，他的哥哥尼哥拉斯已在彼得堡，母親在預備到德國去試浴溫泉，而病得厲害得很的父親，也在打算離開莫斯哥而去首都，在這些風塵僕僕的來往之間，年輕的伊凡·屠格涅夫（Ivan Sergeyvitch Turgenief）早就養成一種行旅飄流的性癖，他的後來的流寓異邦，死在法國的結末，不能不說是家庭在幼時將他養成的傾向。

一八三四年的秋天，伊凡也上聖彼得堡去了，就在那裏進了彼得堡的大學。他到彼得堡不久，長年病發的他的父親，也就死去。夫妻間的感情，本不融洽，相貌也並不美麗（是一張麻臉，富有遺產，後來屠格涅夫常去住的斯巴斯可埃 Spasskoye 的房產田地等，就是他母親帶來的遺產）

的他的母親，當時還在意大利養病，故而父親死後，伊凡和尼哥拉斯兄弟倆，就成了受叔父照管的無父的孤兒。

他的父母，他的叔父，他的歷次所遇到的先生同學之類，後來都一箇一箇的被他用了靈妙的筆法，寫在他的許多長短作品之中。這件事情，想是讀過幾册屠格涅夫的作品的人，誰也知道的，我在此地可以不必說了。

在彼得堡修學的三年中間，他接觸的人也多了，看社會的變動也看熟了，讀書的範圍也擴大了，就在中間，屠格涅夫便奠定了他後來的震驚一世的文學者的始基。

他的文學與生活回憶錄裏面的第一章，所寫者就是一位彼得堡大學的文學教授泊來脫內夫 Pletneff 和他的關係。(見Literatur und Lebenserinnerungen十頁至二十二頁)。他在泊來脫內夫家的門口，曾第一次遇見了當時爲一般俄國青年所拜倒的詩王普希金，他也在那裏第一次參加了詩文評論的文學家的座談會。他的所以邀入參加的原因，就因爲在這前後，他曾做了一篇處女作詩劇 Stenio 交給了這位教授，請他評定；而泊來脫內夫也在這處女作裏，看出了他是一位可造之才，這是一八三七年春間的事情。

他的第一次的發表創作，也是由於泊來脫內夫教授的推薦，是兩首詩，係印在由普希金領導的現代人 (Sovrememnik) 雜誌上的。

一八三八年五月，他在大學卒業後還不滿一年，因欲更求深造之故，就匆匆上了柏林留學的旅途。他的母親，曾叮囑再三，講了許多的規勸的絮語，臨行前，并且全家曾上客棧的禮拜堂去祈禱他的行旅的安全，汽笛嗚時，輪船「尼哥拉斯號」（因爲當時鐵路未通，由俄赴歐，走的是海道）將欲離岸的一瞬間，他母親幾乎爲了不忍別離之故而昏厥，這些事情，都縷縷在 Avrahm Yarmolinsky 著的那册屠格涅夫的大著裏詳述在那裏。從此之後，屠格涅夫就滿身的沉入了西歐的文化渦中，不復是一位馴良懶惰的斯拉夫人了。

在柏林，他結識的朋友很多，無政府主義的老祖宗巴枯寧，謹嚴和平的 Stankevich 及昔年的許多大學裏的同學，都日夕聚在一處。智識上所受的影響之最顯著者，當然是當時正風行的 Hegel 的哲學。

經過一二年的豪放散逸的柏林學生生活，伊凡的心馳野了，他母親的悲泣哀求，計謀恐嚇，都不能使這位野少年伏伏貼貼地再回到黑暗專制，亂七八糟的俄羅斯來。及受了一次戀愛的痛創之後，好容易在一八三九的十月，伊凡終回國去省了一次親，但到了一八四〇年的正月，他又出來了，以後就在歐州各處如意大利瑞士等地方旅行了一年。一八四一年的夏天，他終算學成了歸國，上斯巴斯可埃他母親的身邊去住了幾天。可是在這中間，他又同去柏林之先和一位農奴的女孩生過關係時一樣，竟貓貓虎虎地和一位他母親的女裁縫師生下了一個小孩。同時因巴枯寧介紹之故更同巴枯寧的妹妹塔的亞娜（Tatyana）發生了像羅亭對娜泰芽似的戀愛關係。這一年的聖誕節，他并且離開了愛母，上遠在二百俄里外土耳作克市（Torzhok）近旁的巴枯甯家去過的。他和塔的亞娜的關係，似有若無地繼續了總約莫有三年之久的歲月。巴枯甯家的姊妹，實在也眞多，若白林斯基（Belinsky）若博得金（Botkin）都是和他家的姊妹們發生過熱戀的。

一八四二年因欲謀得莫斯科大學哲學教授之故，他上彼得堡母校去考取學位，但因爲只差了一篇結末的論文，竟將學位的事情永久地擱了下來。他母親不得已就只好要他上內務部去供職，想使他成一個有名譽的公務人員，但性情終於不合，兩年之後，他也就辭職了；辭職的原因，却因爲他自己不愼一溜筆尖，而使一位貧苦的竊賊之該受三十小鞭者受了三十大板。他的一八四三年在聖彼得堡出版的第一部敍事詩集 Parascha 總算是他在內務部供職期中的唯一的成績。

一八四二年八月，他又去過德國一次，在德勒斯登（Dresden）曾和巴枯寧重見了一次面。

內務部卸職之後，他竟閑散地在彼得堡住下了。在這中間，他就做了後來變成涅克拉梭夫的愛人的柏拿也夫夫人（Mme Panayev）座上的常客。在巴挪耶夫夫人處進出的，還有一位瘦弱矮小，有肺病傾向的白林斯基；他雖出身於平民階級，然奮勇向前，對於因襲傳統的批評，對於文化建設的主張，處處都具有着大無畏的精神。自從屠格涅夫的初次出世的那册敍事長詩，得到了他的好評以後，兩人就成了莫逆的摯友了，屠格涅夫的留心社會，觀察下層階級的疾苦諸傾向，無一不是受的白林斯基的影響。以後的屠格涅夫，便永久成了白林斯基的信徒，和許多其他的新人，結成了歐化主義者（Westornist）的一團，以和當時在莫斯科的貴族資產階級間的國粹主義者（Slavophil）們相對抗。

屠格涅夫對白林斯基的交誼，一直維持到了他的死後，短命的白林斯基是一八一一年生下來，一八四八年死去的。白林斯基死後，屠格涅夫還對他的未亡人時時加以慰問與贈遺，逢人一談起這嚴正不屈的亡友，總是聲淚俱下，帶着誠敬兼至的那一種神情，長篇小說羅亭一作裏的那位哲人 Pokorsky 就是由柏林斯基與 Stankevich 兩人的性格溶化而成的。文學與生活的回憶錄中第二章（德譯本二十二頁六十四頁至），全是寫的柏林斯基的議論主張與風度，在全書中，這一張寫得最長最精，也最有熱力。

一八四七年春，屠格涅夫處理了許多身邊的雜務，須備上歐洲去二月中旬，他已經置身在德國的境內了。照他自己之所說，則這一次的出國，完全是爲了國內環境的沉悶與混濁，想到西歐去吸收一點自由的新鮮的空氣，但實際上，却是爲了一八二一年生在巴黎，以音樂和歌唱馳名歐美，弗蘭滋・利斯脫的入室弟子，受過大詩人 Alfred de Musset 與海涅的頌讚，曾做過喬其桑的小說的女主人公，於一八四〇年嫁給歌劇導演者Louis Viardot 的那一位並不美麗的佳人寶靈奴・賈爾夏（Pauline Garcia）

(見倫敦渥兒泰斯考脫社出版的勃蘭提斯俄國文學印象記第二八六，二八七頁)——他和她的初見之日，是一八四三年十一月初一，在彼得堡的Bolshoi劇場的退休室裏，從一八四七年起，以後三十六年間，屠格涅夫就永遠地做了費雅度夫人的最馴服的俘虜。

依勃蘭提斯看來，則費雅度夫人的追逐，與因文豪郭哥里死去（一八五二）而做的那篇追悼文的結果的監禁處分，是屠格涅夫生活遭遇中的兩件決絕的大事。（見印象記第二八六頁。）

分離了六年之久的普魯士首都的空氣，當一八四七年屠格涅夫重來的當兒，和他的學生時代的情形，完全變過了。Hegrel的哲學，已成了強弩之末，一切的一切，都傾向了左邊；唯物主義的狂潮，浸入了柏林的學府，Feuerbach的破壞偶像的論文，倒成了一般青年的議論的中心。這一次和他同行的，有他的摯交的病友白林斯基是白林斯基在窖兒此勃龍(Salzbrunn)養病的當中，這一位垂死的批評家，如囘光返照似地發出了他的熱烈的致郭哥爾的信，攻擊農奴制度，攻擊官僚政府，攻擊教會當局，把俄國上下的一切腐政，攻擊得體無完膚。杜斯妥以夫斯基曾因這信而作了西伯利亞的流徒，屠格涅夫也曾因此信而獲得了他日後諸創作的中心思想。屠格涅夫的和他後半生的親友阿寧闊夫的相遇，也就在這須來其安的浴場地方，其後的阿寧闊夫對屠格涅夫的半生簡直是一位不可缺少的幇閑食客。屠格涅夫的終於和費雅度一家的結成不解之緣，上巴黎東首四十英里遠的費雅度氏的別莊窠兒泰燕內兒（Chateau de Courtavenel）去同居，也是在這一年的盛夏的時候。

盛夏過後，費雅度夫人登臺的季節到了，或去倫敦，或上巴黎，屠格涅夫因無路費，決不能常追隨伴待在她的腳下。因別離而生的那一種無可奈何之情，因貧困而來的那一種憂鬱哀傷之感，更因孤獨而起的那一種離奇幻妙之思，竟把屠格涅夫，煉成了一個深切哀傷，幽婉美妙的大詩人。一八四八年的法國大革命，他是親身經歷着的。自從他那變態的母親，斷絕了他的經濟接濟以後，他就只好日日的依人爲活，借債爲生。或流寓在愛人的別莊，或寄食在巴黎 Herzen 的家裏，從一八四七到一八五〇的三年中間，雖是他最困苦的時期，但在創作生活上，却是他最豐收的年歲。在這中間，他對社會現狀的觀察認識可以不必贅說，就是小說戲劇，詩，以及獵人日記的大部分，短篇等創作也不知寫下了多少。總之，凡可以使他成一大作家的條件，這時都已具備了，所缺少者，只有金錢和生活的餘裕而已；而這兩個重要的條件，却因一八五〇年他那變態的母親的死去，完全湊就了。

他的母親，實在是一位不幸的變態的女性。早年守寡，她的希望自然就只好維繫在兩個兒子的身上了。但長男尼哥拉斯老早就違背了她的志趣，和一個身分不相稱的女人結了無理的婚姻。次男的伊凡，又是這麼的一個游手好閑，不務正業，長年飄流在外國的無賴漢。心情惡劣起來，她的憤怒與報施，當然只有虐待農奴，和斷絕兒子們的接濟兩條窄路好走了。一八五〇年的春天，她病到了十分，好容易羅出錢來，向債主們贖回了伊凡•屠格涅夫的身體，終把他召回到了膝下。但住不上幾日，母子之間，天大的衝突忽而又發生了。直到她死，Varvara Petrovna 竟堅决地拒絕了再見伊凡之面，等屠格涅夫接着訃報趕到莫斯科他娘的寓裏——這中間他是住在 Turgonevo 他父親的遺產莊上的——的時候，她早已葬在地下了。

一八五〇年春回俄國之後，屠格涅夫將他和他母親的女裁縫師生下來的那女孩，送去法國托付「費雅度夫人去撫養。他母親死後，分到了許多遺產，他就在莫斯科彼得堡兩地間暫時來往着定住了下來。集中在他左右的，當然那些現代人誌的同時代者，和許多出身於貴族，醉心於歐化的新進的文人。因幾本戲劇和現代人誌上登載過的獵人日記的成功，他也居然成了一位被大家所推崇的文學家。

一八五二年二月廿一日，寫實的幽默的大文豪郭哥爾在莫斯科去了世。屠格涅夫在學生時代，雖則曾和郭哥爾在一個學校裏呼吸過空氣，聽過他的演講，——因爲郭哥里曾在彼得堡大學當過短時間的歷史教授——但親自去訪他，和這一位大作家的認識，却是在他死前的幾個月。屠格涅夫的崇拜郭哥爾的熱情，不減於他的崇拜普希金。接到了他的死耗之後的屠格涅夫的哀悼悲痛，當然是意想中的事情。撰成了一篇文字，他先是交給彼得堡的一家報紙去公布的，但因檢查者的不許可，沒有登出，所以只好送到莫斯科去交托A.Botkin請他發表，以雪彼得堡的文人全體，對這位巨人之死，大家噤不敢言之恥。這追悼文在莫斯科發表之後，屠格涅夫的監禁處分令就下來了。先在看守所裏被監禁了一月，後來便被送到了故鄉斯巴斯可埃去永久安置。這一篇短短的哀悼文，係載在一八五二年三月十八日第三十二號莫斯科報上的，全文中並沒有一句出軌的話——該文名從彼得堡來的信，見德譯本文學與生活的回憶錄七十二頁至七十四頁——但在一八四八年的革命失敗之餘，白色恐怖正充滿着歐洲，昏庸暴虐的沙皇，連郭哥里的死耗都不准彼得堡的報紙刊載的當時，本來就在預謀着一網把那些文人打盡的政府當局，硬要拿這事情來加你以罪，那你又有什麼法子來解避呢？寫到了這裏，我就不得不聯想起目下流散在我們自己周圍的一重褐色的暗雲，唉，一八五二年的專制政府治下的俄國，一九三三年的××××治下的××！

正當屠格涅夫在故鄉斯巴斯可埃被看守的中間，彼得堡的一家書舖把在現代人誌上登過的八篇短篇收集起來出了一本單行本，書名是一個獵人的日記，出書的年月是一八五二年七月十八。這一册小小的册子——後來增訂加大了——居然促成了俄國農奴解放的運動，這事情屠格涅夫自己原在引以自慰，而由我們這些從事於文筆的人看來，更覺得是懦弱無能的文人的無上的光榮。

屠格涅夫的永久放逐，因詩人亞力克西·托爾斯泰之力，緩和了一半，一八五三年十二月，他得到了許可，移寓到了首都的 Povarskoy 巷裏。這兩年間的故鄉的安置，眞如大批評家勃蘭提斯之所說，是他作風轉變的一大機紐。以後的屠格涅夫，决心拋棄了小小的自我感情，變成了客觀的社會的時代的代言者，長篇小說創製計劃，也在這蟄居的中間立定了。

到首都去後，他就成了文藝界的社交的中心，托爾斯泰，梭羅古勃，涅克拉沙夫，柏拿也夫，格利郭里味支，龔察洛夫等，不時上他的獨身者的寓居裏來。雖則時時也在感到自己才能的不足，對文學曾幾次的失望嗟嘆着不能勝任，但在一八五五年的夏天，終於上斯巴斯可埃去寫成了他的羅亭。這本來是費去六七個星期，在七月廿四寫完的，但因不敢自信，廣請他人評判的結果，後來他又把稿改易了好多次。

羅亭的性格，羅亭的哲學，羅亭的對女人的無責任無膽量的態度，不消說，都是由屠格涅夫的自己的全身中揑製出來的。

一八五六年八月廿六，沙皇亞力山大舉行登極的特赦大典 屠格涅夫到此，纔完全恢復了他的自由，所以在這一年的夏季，他又在法國費雅度氏的別莊裏作客了。嗣後二十餘年，他大半的生涯，就在歐洲過去。間或向故鄉去暫住些時，也都因爲國人對他的作品的不滿不瞭解之故，每次都不免懷恨而去國。

上面所敍述的，是屠格涅夫到他的第一部長篇傑作羅亭出世時爲止的生涯的大略，其後貴族之家，前夜，父與子，烟，新時代，春潮等長篇鉅著，每隔一二年而迭出，他在故國所受的批評，雖則不好，但在國外，則早已喧傳衆口，成了替俄國向世界要求榮譽的代表者了。

晚年流寓巴黎，差不多同時代的法國文人如梅里美等當然對他非常尊敬，就是小一輩的奧其埃（Augier）泰納，福羅貝爾，貢果兒更年少的左拉，都德，莫泊桑，也沒有一個不在絕口讚美，常在領受他的教益的。一八八三年九月三日，（此日即俄歷八月二十三日，俄國的舊歷與普通歷相差了十二天——）他在法國死後，萊南・亞浦（Edmond About）等來弔，還說出了「紀念他的銅像，應該建造在農奴的打碎了的鐵鍊之上」的話，豈不也可以想見他在外國被人崇拜的一斑了麽？

一九三三年七月九日。

屠格涅夫的臨終

——爲屠氏逝世五十週年紀念作——

以一八一八年十月二十八正午生下來的屠格涅夫，從數字錯列的玩意兒中試卜起來，他自己以爲一八八一年的十月一日，是他的死期。但到了一八八一年的年終，他的健康，却絲毫也沒有損壞。在這一年裏，他並且還和愛人費雅度夫人把他自己的著作勝利者之歌譯成法文，寫了一篇「不怕死的人」。

一八八二年春，雖則他遇着了許多不幸的事情，如愛女的逃囘，瘋痛的發作等，但健康還是如常，直到二月底邊，忽而急症襲來了，從這一年的三月上床以後，一直到翌年的九月三日午後辭世爲止，他眞受盡了肉體上的千千萬萬的苦痛。

在苦痛的中間，他屢次要求自殺，以減輕他的痛楚，甚至向來看他病的莫泊桑乞求一枝手槍，請費雅度夫人將他的身體從窗裏拋擲出去了。

托爾斯泰聽到了他的病痛，有很懇切的信來慰問，他在病床上，用鉛筆親自寫了一封覆函，是他的最後的一道書簡。他自覺到了死的將臨，自己是完了，疲竭了，勸托爾斯泰再好好的重復去幹些文學的工作。

一八八三年正月，他因囊腫而試手術之時，竟不用局部麻醉的注射，而想親自來體驗一次受手術時的劇痛的狀態。事後他對來看他的都德說：『我想嘗一嘗這痛味，而發見一種最適當的表現手法，來寫出這些感覺與心狀。解剖刀割入肉去，眞有點兒像利刃切香蕉。』

臨死前半月的有一天晚上，他叫費雅度夫人到床邊去，央求她爲他筆記一篇短篇，寫的是一位俄國貴族的裔孫，墮落成爲偷馬的竊賊的故事。這故事名叫『結末』，是他的著作的末一篇，也是暗示着俄國貴族階級的終了沒落的東西。

一八八三年八月末日，是禮拜五，露易莎走入了了他的病房。昏睡之餘，他似乎還辨認得出這是露易莎，因而叫着說：

『露易莎！眞眞奇怪，我的腿怎麼會掛在那兒角落裏的呢？房間裏幷且塞滿了棺材。可是，他們還許我有三天好活。』

九月二日，禮拜天，他又清醒了一囘，說了些只有費雅度夫人能懂的話。九月三日，禮拜一的午後二時，他便氣絕了。

一九三三年月七

查爾的百年誕辰

提起查爾（Ferdinand Von Saar）這一個名字，或者大家都會感覺到奇異，因爲在中國的文藝刊物，或譯叢裏，是不大看得到的生名。這原也是不得已的事情，莫說中國，就是外國文學翻譯介紹得最多最雜的英美，恐怕也不見得有一册查爾的作品的翻譯。但在德國，尤其是他的故鄉的奥國裏，則不但在他的死後，就是在生前，已經爲幾個有識的批評家所推崇，許爲可以和 Gottfried Keller, Theodor Storm 等並立的一流不朽作家了。

查爾於一八三三年九月三十日生在一家維也納的貴族的家裏。雖然是一家由官吏起家的貴族人家，但大半都是廉吏的奧國的這家官家，財產却是沒有的；因此查爾爲生計所迫，年少的時候，就入了軍籍，以資糊口。一八六零年，他厭倦了軍隊生活，且爲自己的內心衝動所激盪，雖然明知道文筆謀生活的不可靠，但也毅然決然地退出了軍隊，開始來做文士。當時奧國的對文士的待遇，恐怕比到現在的中國還要差些，查爾若沒有Elisabeth Salm侯爵夫人和 Josephine von Wertheimstein 的兩位貴婦人的保護，則他早也就餓死在屋頂底下了。做了許多詩和詩劇，寫了許多輪廓並不偉大的哀艷淒清，情調絕人的短篇小說，他直到六十歲的高齡，纔獲得了一部分批評家的贊譽。奧國政府爲表揚國家詩人功績起見，且任命他做了貴族院的議員，這當然是大劇作家 Grillparzer 以來所絕無僅有的國家特典。

到了七十三歲（一九零六）的七月二十三，久爲癌病所苦，獨身到老的這位孤獨的大詩人，竟於早晨出去散步回來之後，用手槍自殺了。他的全集十二卷，裝成四册，是萊府的 Max Hesse 所發行，頭上有 Anton Betteheim 的一篇詳傳附印在那裏。

他自己以爲他的詩和劇是最得意的作品，但他的不朽的盛名，顯然是依存在他的幾十篇短短的小說上。關於他的作品的介紹，當另撰專文，在這裏只傳述了一個極粗的生涯骨格，以誌景慕。

林道的短篇小說

記得是一位美國作家——不知是否 O'Brion ——對於短篇小說所下的定義，他說：『短篇小說者，小說之短篇者也。』(Short story is a story that is short)這定義雖則有點幽默，但卽此也可想見短篇小說花樣的多，定義的難。尤其是各國有各國的風氣，各作家有各作家的特樣，所以要求一個概括一切，隨處適合的短篇小說的定義，眞是難於上蜀道；就是勃蘭代•馬修斯的短篇小說哲學(Brander Mathews: The philosophy of short stories)裏也不曾把這定義，交代淸楚。

法國的所謂 Contes 似乎是眞正的短篇，大約歐、美各國的短篇小說之收斂得最緊縮的，莫過於這些Contes了，可是德國的Erzaelungen却一般總來得很長，長的也有到四五萬字以上的。我們通常所說的短篇小說，大約是英美的一系，長短總只夠半小時至一小時的讀，字數或在兩萬以下千數以上；敍述的是人生的一面半面，或事件的最精彩的一段，人物的極特異的幾點；作者讀者，倆都經濟，實在是近代生活與近代Jon: ualism所產生的一種特殊體裁。

我的初讀短篇，是二十年前在日本做學生的時候。那時自然主義的流行雖已經過去，人道主義正在文壇上氾濫，但是短篇小說的取材與式樣，總還是以引自然主義的末流，如寫身邊雜事，或一時的感想等者爲最多；像美國那麼的完整的短篇小篇，是不大多見的。雖則當時在日本，每月市場上，也有近千的短篇小說的出現；其中也有十分耐讀的作品，但不曉怎麽，我總覺得他們的東西，局面太小，模仿太過，不能獨出新機杼，而爲我們所取法。

後來學到了德文，與德國的短篇——或者還是說中短篇來得適當些——作家一接觸，我纔拜倒在他們的脚下，以爲若要做短篇小說者，要做到像這些 Erzaelungen 的樣子，纔能滿足。德國的作家，人才很多，而每個詩人，差不多總有幾篇百讀不厭的 Erzaelungen 留給後世，尤其是十九世紀的中晚，這一種珠玉似的好作品，不知產生了多少。即就保羅，海才（Paul Heyse）他們所選的德國說庫（Deutscher Novellen-schatz）與新德國說庫的兩叢書的內容來說，已經是金玉滿堂，教人應接不暇了。其他的叢書專集，自然是更多得指不勝屈。

在這許多德國短篇作家中，我特別要把羅道兒夫，林道（RudolphLindau 1829-1910）提出來說說的原因，就因爲他的作品在德國，也還不見得十分爲同時代及後世的人所尊重；並且他在生前，正當洪，楊的起義前後，是曾在中國，日本等東方大埠流寓得很久的緣故。

他的故鄉是在德國西北部的 Altmark 晚年並且又在北海濱的 Helgo

land（他死在巴黎，葬却葬在此處）住得很久，所以他的小說的主調，是幽暗沉靜，帶一味淒慘的顏色的，中年以後，又受了東方的影響；佛家的寂滅思想，深入在他的腦裏，所以讀起他的小說來，我們並不覺得他是一個外國的作家。

他的小說，全集共有六卷，因爲後半生是過的外交官的生活。故而長短各篇小說之中，獨富於異國的情調。在三、四年前，我曾譯過他的一篇「幸福的擺」（先在奔流上發表，現收在生活書店印行的達夫所譯短篇集中，）發表的當時，沈從文曾對我說，他以爲這是我自己做的小說，而加了一個外國人的假名的，這雖則不是他的唯一代表的作品，但讀了之後，他的作風，他的思想，他的作品的主題，也大略可以領會得到了。他的用文字，簡鍊得非凡——原因是因他遍通英、法文，知道選擇用語——而每一篇小說的敍述進程之中，隨處都付以充分的情緒，使讀者當讀到了他的最瑣碎的描寫的時候，也不會感到乾燥。筆調是沉靜得很的，人物性格是淡寫輕描而又能深刻表現的。整篇的文字，沒有一句贅句，所以他想要表現的主題思想，都十足表現到了恰到好處，斷無過與不及的弊病。他的全集之中，尤其是值得一讀的，是一九〇四年出的 Die alten Geschichten 和一八九七年出的土耳其小說集（Die Tuerkische Geschichten）。關於東方若日本及中國的小說，也很多很多；他的觀察東方人的性格，思想，簡直比我們自己還要來得透闢。例如讀他的一篇描寫日本人的小說"Sedschi"就可以見得當時日本的社會狀態和武士氣概，比讀明治維新史之類的書，還要瞭解得更徹底一點。

他的描寫寄寓在東方的外國人的思想行動，因爲他觀察得久，體驗得深了，讀了尤其覺得活靈活現，發人深省。例如寫一個蒙了不白之冤，爲商人社會所鄙棄，但後來終得昭雪，可是他的思想已早趨於消極，卒至自沉於黃浦江外的海裏的一篇「荷蘭長子」（Der lange Hollaender）之類，就是這一種小說的代表。

他的小說的結構，同俄國屠格涅夫的短篇小說很像；這兩位同時代者，我想一定是在巴黎會到過的無疑。譬如寫一件事情罷，總是先點出作者自身是在何地何時幹什麼什麼，這中間就遇到了怎麼怎麼的事情和怎麼怎麼的人物。這一種寫法，原是陳腐得很的格式，但經他們寫來，却是自由自在，千眞萬確，不但不使你有一點感到陳腐的餘裕，就是在讀下去的中間，要想吐一口氣的工夫都沒有。

關於林道的小說的研究，是足有一本十萬字的論文好寫的；這一篇短文，只可以說是緒論的一節，餘論且等到另外有機會的時候再寫罷。

讀勞倫斯的小說

——却泰來夫人的愛人——

勞倫斯的小說，却泰來夫人的愛人Lady Chatterley's Lover，批評家們大家都無異議地承認牠是一代的傑作。在勞倫斯的晚年，大約是因爲有了閑而又有了點病前的脾氣的結果罷，他把這小說稿，淸書重錄成了三份之多。這一樣的一部小說的三份稿本，實質上是很有些互相差異的，頭一次出版的本子，是由他自己計劃的私印出版；其後因爲找不到一箇大膽的出版者爲他發行，他就答應法國的一家書鋪來印再版，定價是每本要六十箇法郎，這是在數年以前，離他的死期不久的時候。其後他將這三本稿子的版權全讓給了 Frieda Lawrence。她曾在英國本國，將干犯官憲的忌諱，爲檢查官所通不過的部分削去，出了一本改版的廉價本。一九三三年，在巴黎的 LesEditions Du Pêgase 出的廉價版，係和英國本不同的不經刪削的全豹，頭上是有一篇 Frieda Lawrence 的公開信附在那裏的。

先說明了這版本的起伏顯沒以後，然後再讓我來談談這書的內容和勞倫斯的技巧等等。

書中所敍的，仍舊是英國中部偏北的 Derby 炭鑛區中的故事；不過這書與他的許多作品不同，女主人公是一位屬於將就沒落的資產貴族階級的男爵夫人。

克列福特却泰來是却泰來男爵家的次子，係英國中部 Terershall鑛區的封建大地主，離鑛區不遠的山上的宮囿 Wragey Hall 就是克列福特家歷代的居室，當然是先由農民的苦汗，後由鑛區勞働者的血肉所造成的阿房宮。

却泰來家的長子戰死了，克列福特雖有一位女弟兄，但她却在克列福特結婚的前後作了故，此外，却泰來家就沒有什麽近親了。

却泰來夫人，名叫康司丹斯（Constance），是有名的皇家美術協會會員，司考得蘭紳士（Sir Malcolm Reid）之次女。母親是費邊協會的會員，所以康司丹斯和她的姊姊希兒黛 Hilda 從小就受的是很自由的教育。她們姊妹倆，幼時曾到過巴黎，弗羅蘭斯，羅馬等自由之都。當一九一三年的前後，希兒黛二十歲，康司丹斯十八歲的光景的時候，兩人在德國念書，各人曾很自由地和男同學們談過戀愛，發生過關係。一九一七年克列福特・却泰來從前線回來，請假一月，他就和康司丹斯認識，匆匆地結了婚。一月以後，假期滿了，他只能又去上了弗蘭大斯的陣線，三個月後，他終被砲彈所傷，變成了一堆碎片被送回來了，這時候康司丹斯（愛稱康尼 Connie），正當是二十三歲的青春。在病院裏住了二年，他總算痊愈了，但是自腰部以下，終於是完全失去了効用。一九二十年，他和康尼回到了却泰來世代的老家；他的父親死了，所以他成了克列福特男爵，而康尼也成了却泰來男爵夫人。

此後兩人所過的生活，就是死氣沉沉的傳統的貴族社會的生活了。男爵克列福特，是一個只有上半身（頭腦），而沒有下半身的廢人，活潑強壯的却泰來夫人，是一個守着活寡的隨身看護婦。從早起一直到晚上，他們倆所過的都是刻版的不自由的英國貴族生活。而英國貴族所特有的那一種利己，虛僞，傲慢，頑固的性格，又特別濃厚地集中在克列福特的身上。什麼花呀，月呀，精神呀，修養呀，統治階級的特權呀等廢話空想，來得又多又雜，實際上他却只是一位毫不中用，虛有其名的男爵。

在這中間，這一位有閑有爵，而不必活動的行尸，曾開始玩弄了文墨。他所發表的許多空疏矯造的文字，也曾博得了一點社會上的虛名。同時有一位以戲劇成名的愛爾蘭的青年密克立斯 Michaelis（愛稱 Mick）於聲名大噪之後，終因出身係愛爾蘭人的結果，受了守舊的英國上流社會的排擠，陷入了孤獨之境。克列福特一半是好意，一半也想利用了密克而成名，招他到了他的家裏。本來是一腔熱情，無處寄牠，而變成孤傲的密克，和却泰來夫人一見，就成了知己，通了款曲。但却泰來夫人，在他的身上覺得還不能夠盡意的享樂，於是兩個人中間的情交，就又淡薄了下去。密克去倫敦以後，在Wragby Hall裏的生活，又回復了故態，身強血盛的却泰來夫人，又成了一位有名無實的守活寡的貴族美婦人。這中間她對於喜歡高談闊論，自命不凡的貴族社會，久已生了嫌惡之心了。因厭而生倦，因倦而成病，她的健康忽而損壞到了消瘦的地步。

不久以後，克列福特的園囿之內，却雇來了一位自就近的鑛區工人階級出身，因婚姻失敗而曾去印度當過幾年兵的管園獵夫 Mellors。小說中的男主人公從此上場了！這一位工人出身的梅洛斯就是却泰來夫人的愛人！

原書共十九章，自第五章以下，敍的就是却泰來夫人和愛人梅洛斯兩人間的性生活，以及書中各人的微妙的心理糾葛。

梅洛斯的婚姻的失敗，就因爲他對於女人，對於性，有特異的見解和特別的要求的緣故。久渴於男性的愛，只在戲劇家密克身上嘗了一點異味而又同出去散了一次步仍復囘到了家來一樣的康尼，遇見了梅洛斯的瘦長精悍的身體以後，就覺得人生的目的，男女間的性的極致，盡在於此了。說什麼地位，說什麼富貴，人生的結果，還不是一個空，一個虛無！運命是不可抗，也不能改造的。

在這一種情形之下，殘廢的却泰來，由他一個人在稱孤道寡，讓雇來的一位看護婦 Mrs,Bolton 寡婦去伺候廝伴，她——却泰來夫人自己便得空就走，成日地私私的來到園中，和梅洛斯來過原始的徹底的性生活。

但是很滿足的幾次性交之後，所不能避免的孕育問題，必然地要繼續着發生的。在這裏，却泰來夫人，却想起了克列福特的有一次和她談的話。他說：「若你去和別人生一個孩子，只教不破壞像現在那麼的夫婦生活，而能使却泰來家有一個後嗣，以傳宗而接代，保持我們一家的歷史，倒也很好。」她想起了這一段話的時候，恰巧她的父親和也已出嫁的姊姊希兒黛在約她上南歐威尼斯去過一個夏。於是她就决定別開了克列福特，跟她父親姊姊上威尼斯去。因爲她想在這異國的水鄉，她或者可以找出一個所以得懷孕的理由。而克列福特，或者會因這使她懷孕者是一個不相識的異鄉人之故而把這事情輕輕地看過。

但是巴黎的醉舞，威尼斯的陽光，與密克的再會，以及和舊友理想主義者的福勒斯相處，都不能使她發生一點點興趣；這中間，胎內的變化，却一天天的顯著起來了，最後她就到達了一個不得不决定去向的人生的歧路。

而最不幸的，是當她不在的中間，在愛人梅洛斯的管園草舍裏，又出了一件大事。就是梅洛斯所未曾正式離婚的前妻珂賚 Bortha Coutts 又突然回來了。這一位同母牛一樣的潑婦，於出去同別的男人同住了幾年之後，又囘到了梅洛斯的草舍，宣布了他和却泰來夫人的祕密，造了許多梅洛斯的變態性慾的謠言，硬要來和梅洛斯同居，向他和他的老母勒索些金錢。梅洛斯迫不得已，就只好向克列福特辭了職，一個人又囘到了倫敦。剛在自威尼思囘來的路上的却泰來夫人康尼，便私下和梅洛斯約好了上倫敦旅館中去朳會。肉與肉一行接觸，她也就堅决地立定了主意，去信要求和克列福特離婚，預備和梅洛斯兩人去過他們的充實的生活。

這一篇有血有肉的小說三百餘頁　是以在鄉間作工，等滿了六個月，到了來年春夏，取得了和珂賫 Bertha Coutts 的離婚證後，再來和康尼同居的梅洛斯的一封長信作結束的，『一口氣讀完，略嫌太短了些！』，是我當時讀後的一種茫然的感想。

這書的特點，是在寫英國貴族社會的空疏，守舊，無爲，而又假冒高尙，使人不得不對這特權階級發生厭惡之情。他的寫工人階級，寫有生命力的中流婦人，處處滿持着同情，處處露出了卓見。本來是以極端寫實著名的勞倫斯，在這一本書裏，更把他的技巧用盡了。描寫性交的場面，一層深似一層，一次細過一次，非但動作對話，寫得無微不至，而且在極粗的地方，恰恰和極細的心理描寫，能夠連接得起來。尤其要使人佩服的，是他用字句的巧妙。所有的俗字，所有的男女人身上各部分的名詞，他都寫了進去，但能使讀者不覺得猥褻，不感到他是在故意挑撥劣情。我們試把中國的金瓶梅拿出來和他一比，馬上就可以看出兩國作家的時代的不同，和技巧的高下。金瓶梅裏的有些場面和字句，是重複的，牽強的，省去了也不關宏旨的，而在却泰來夫人的愛人裏，却覺得一句一行，也移動不得；他所寫的一場場的性交，都覺得是自然得很。

還有一層，勞倫斯的小說，關於人的動作和心理，原是寫得十分周密的，但同時他對於社會環境與自然背景，也一步都不肯放鬆。所以讀他的小說，每有看色彩鮮豔刻劃明晰的彫刻之感。

其次要講到勞倫斯的思想了，我覺得他始終還是一個積極厭世的虛無主義者，這色彩原在他的無論那一部小說裏，都可以看得出來，但在却泰來夫人的愛人裏，表現得尤其深刻。

現代人的只熱中於金錢，Money！Money！到處都是爲了Money的爭鬥，傾軋，原是悲劇中之尤可悲者。但是將來呢？將來却也杳莫能測！空虛，空虛，人生萬事，原不過是一個空虛！唯其是如此，所以大家在拚命的尋歡作樂，滿足官能，而最有把握的實際，還是男女間的性的交流！

在這小說的開卷第一節裏。他就說：

『我們所處的，根本是一個悲劇的時代，可是我們却不想絕望地來順受這個悲劇。悲慘的結局，已經出現了，我們是在廢墟之中了，我們却在開始經營着新的小小的建設，來抱着一點新的小小的希望。這原是艱難的工作；對於將來，那裏還有一條平直的大道；但是我們却在迂迴地前進，或在障礙物上匍匐。不管牠地折與天傾，我們可不得不勉圖着生存。』

這就是他對於現代的人吃人的社會的觀察。若要勉強地尋出一點他的樂觀來的話，那只能拿他在這書的最後寫在那封長信之前的兩句話來解嘲了：

『他們只能等着，等明年春天的到來，等小孩的出養，等初夏的一週復始的時候。』（三五五頁）

勞倫斯的小說的結構，向來是很鬆懈的，所以美國的一位批評家約翰麥西John Macy說：『勞倫斯的小說，無論從那一段，就是顛倒從後面讀起都可以的。』但這一本却泰來夫人的愛人却不然，的結牠構倒是前後呼應着的，很有層次，也很嚴整。

這一位美國的批評家，同時還說他的作風有點像維多利亞朝的哈代Thomas Hardy 與梅萊狄斯 George Meredith，這大約是指他的那一種宿命觀和寫的細緻而說的；實際上我以為稍舊一點的福斯脫E. M. Forster及現在正在盛行的喬也斯James Joyce 與赫胥黎 Aldous Huxley 和勞倫斯，怕要成爲對二十世紀的英國小說界影響最大的四位大金剛。

一九三四年九月

錢唐汪水雲的詩詞

錢唐汪大有，字元量，善鼓琴，以琴受知紹陵（卽南宋度宗，在位十年，年號咸淳。咸淳元年乙丑，爲元世祖至元二年，西曆一二六五年。咸淳十年爲至元十一年，西曆一二七四年），出入宮掖。恭帝德佑二年丙子（元至元十三年，西歷一二七六年），元丞相伯顏入臨安，南宋亡，執帝后及太后與嬪御北，水雲從之。入燕，留燕數年。時故宮人王淸惠，張瓊英輩皆善詩，相見，輒涕泣倡和。又文丞相文山被執在獄，水雲至鋃鐺所，勉丞相必以忠孝白天下。作拘幽十操，文山倚歌和之。元世祖聞其名，召入，命鼓琴，一再行，乞爲黃冠歸錢唐，世祖賜爲黃冠師。臨行，故幼主瀛國公，故福王平原公，駙馬右丞楊鎮；故相吳堅，留夢炎；參政家鉉翁，文及翁皆賦詩餞行。與故宮人王昭儀等十八人，釃酒城隅，分韻賦詩，哀音哽亂。淚下如雨。南歸後，往來匡廬彭蠡間，若飄風行雲，莫能測其去留之跡，自號水雲子。

水雲長身玉立，修髯廣顙，而音若洪鐘；江右之人以爲神仙，多畫其像以祠之。

上面的四五百字，是我從水雲集後附錄在那裏的錢塘縣志文苑傳，南宋書，酒賢詩序上面；綜合排列，抄錄補綴成來的汪水雲的全傳。此外，關於汪水雲的史實，我搜求了好幾年，到現在還是一無所得。譬如他生於何年，死於何日，在商務的歷代名人生卒年表吳荷屋中丞的歷代名人年譜上也查不到；當然在歷代名人生卒年表的源流書裏，如正續補以及三續的疑年錄，全祖望的年華錄等書裏，也是沒有的。此外的正書，如宋史元史之類，更可以不必說，就是元明清人的筆記裏，也尋不出他的生卒的年月。我們只知道文天祥生於宋端平三年丙申(西歷一二三六年)被殺於元至元一九年壬午臘月初九(西歷一二八二年)年四十七歲。伯顏丞相，卒於元至元三十一年十二月庚子日(西歷一二九五年)，年五十九歲。又据廼賢金臺集的『讀汪水雲詩集』詩序裏之所說，則廼賢之得識水雲，係由於危太史(太樸名素)之言傳。是則廼賢已不及見水雲，而危素係元至正間翰林，生於元元貞元年乙未(西歷一二九五年)，卒於明洪武五年壬子(西歷一三七二年)，年七十八歲。危太樸似乎是見過水雲的，因他的狀貌長身玉立云云，都是由廼賢從危太史處聽來的話。可是謝翺皐羽，也卒於元元貞元年，年四十七歲；終謝皐羽之身，四十七年中，應該和汪水雲有一面的機會的無疑，而程篁墩編之宋遺民錄卷第十一，載謝翺續琴操哀江南四章之序曰：『宋季有以善鼓琴見上者，出入宮掖間，汪姓，忘其名。臨安不守，太后嬪御北，汪從之。宿留薊門數年，而文丞相被執在獄，汪上謁，且勉丞相必以忠孝白天下，予將歸死江南。及歸，舊宮人會者十八人，釃酒城隅與之別，援琴鼓再行，淚雨下，悲不自勝。後竟不知所在，嘻，汪蓋死矣。客有感之者，爲續琴操，曰哀江南，凡四章』。觀所則謝皐羽始終未見水雲，而水雲之死，當在危太樸出生之前。豈危太樸亦人之傳聞，而轉告迺賢的麼？

總之文山被殺之日（至元十九年），水雲尚在人間，而水雲的死，當在元貞元年（一二九五）前後（尚有大德元年卒之劉辰翁序文可据），距他的生日，若有八十歲者，當在嘉定寶慶之間，或竟在紹定年間出世的也說不定。至於元陳泰之『送錢塘琴士汪水雲』一詩，成於何年，不可考，亦離大德至正不遠，决不會在延祐年間。

這樣武斷地斷定了他的生卒年歲以後，讓我們再來談談他的詩詞。汪水雲的詩之散見於筆記者，有元陶宗儀之輟耕錄一段：『（上略）天兵平杭日，水雲詩曰：西塞山邊日落處，北關門外雨來天。南人墮淚北人笑，臣甫低頭拜杜鵑。又曰：錢塘江上雨初乾，風入端門陣陣酸，萬馬亂嘶臨警蹕，三宮灑淚溼鈴鑾，童兒贖遣追徐福，癘鬼終當滅賀蘭，若說和親能活國，嬋娟應是嫁呼韓。此語尤悲哽，先生詩有水雲集』。

瞿宗吉佑所著之歸田詩話裏，也有一段：『（上略）遺還，幼主送詩云：黃金臺上客，底事又思家，爲問林和靖，寒梅幾度花。宋宮人，多以詩送行者，有云：客有黃金共璧懷，如何不肯贖奴回，今朝且盡穹廬酒，後夜相思無此杯。意極淒惋。元量有詩一帙，皆敍宋亡事，如云：亂點傳籌殺六更，風吹庭燎滅還明，侍臣奏罷降元表，臣妾僉名謝道清。餘詩大抵類是，可備野史。元迺易之題其帙後云：三日錢塘海不波，子嬰繫組納山河，兵臨魯國猶絃誦，客過商墟獨嘯歌，鐵馬渡江功赫弈，銅人辭漢淚滂沱，知章喜得黃冠賜，野水閑雲一釣蓑。』

迺賢題的詩，本有兩首，還有一首是：一曲絲桐奏未收，蕭蕭笳鼓禁宮秋，湖山有意風雲變，江水無情日夜流，供奉自歌南渡曲，拾遺能賦北征愁，仙人一去無消息，滄海桑田空白頭。而前面所說的迺賢詩序云云，就是寫在這兩首詩前頭的一段小序；正因這段小序之故，我們到今日還能想像得起汪水雲的聲形狀貌。

堯山堂外記裏也有一則，所紀與前兩書無大出入，唯多記了一首汪水雲的詩，謂元量嘗和淸惠詩云：『愁到濃時酒自斟，挑燈看劍淚痕深，黃金臺迴少知己，碧玉調高空好音，萬葉秋聲孤館夢，一窗寒月故鄉心，庭前昨夜梧桐雨，勁氣瀟瀟入短襟』。

還有西江詩話裏，說汪水雲是浮梁人，咸淳進士，官兵部侍郞，當係另一姓汪者。因水雲亦常出于沒匡廬彭蠡間，故以之爲浮梁人。此外則記事亦大抵相同，只多抄了一首汪水雲的軼詩（係見於遂昌山人雜錄中的），名題王導像：秦淮浪白蔣山青，西望神州草木腥，江左夷吾甘半壁，只緣無淚灑新亭。詩的口氣，倒很像是雲水所作；同一節末後，更說『北去老宮人之能詩者，皆其指教；或謂瀛國公喜賦詩，亦水雲教之』。這說或許有据，但亦不見得宮人個個都是水雲的詩弟子。

（中國一般筆記的壞處，就在人云亦云；大抵關於某人之一事或一詩，特著名者，各家筆記，都只載這一段。結果弄得你想調查一古人之生卒年月，或一生大事及著作等類，翻盡千百種書，也只曉得那出名的一事或一詩而已，其他則空無所得也，這缺憾，在我搜查汪水雲的史實時原常感到，而尤其當我在搜查明淸之際的史實時，感到得最深）。

汪水雲的詩之散見於筆記者，大略已如上述，現在當談一談他的詩詞的整個的刻本。大約水雲的詩，選刻得最早者，一定是元劉辰翁本，因劉辰翁死在大德元年，去汪水雲之死不遠也。

劉選本後失流傳，明崇禎年間錢牧齋自雲間舊鈔本中錄得水雲詩二百二十餘首的跋語裏說，劉辰翁批點刊行之本，尙未及見，是其明證。至於千頃堂書目所載湖山類稿十三卷，詞三卷本，則更少流傳，簡直無人見到了。康熙年間，石門吳氏刻宋詩，中有水雲一集，詩共二百餘首，當係錢牧齋鈔存之集，唯吳刻有誤書錯簡之病耳。雍正中有人發見汪水雲湖山類稿全帙五卷，斷爲劉辰翁批點刊行之本。乾隆三十年鮑廷博將雍正間所發見之湖山類稿與水雲詩集搜集合刊，復採宋遺民錄中之劉辰翁原序補入卷首，於是汪水雲的詩詞，總算勉強成了全璧；不過湖山類稿卷一前脫四番，其上各卷中也每有脫字，一首或半首不等，乃雍正中舊本磨滅的地方，就是在四庫全書裏，也無法抄補，通行本自然更不必說了。我所見到的通行本，是光緒丁酉年錢唐丁氏，照四庫本（亦卽鮑氏本）翻刻的湖山類稿五卷，附錄一卷，水雲集一卷，附錄三卷。大抵汪水雲的詩詞，以及宮人倡和的詩，遺聞，軼裏，考證之類，差不多也搜羅到了十分之九，所可恨者，就是我上面所說的一件，終還不曉得汪水雲的生卒年月耳。爲此事，我也去訪問過許多錢唐姓汪的年長者，想問問他們的家譜上，是如何的載在那裏的。但浙江之汪氏，都是隋唐間汪華的子孫，派系繁多，多到了幾百宗幾千系。自南宋迄今，又七八百年了，其間興滅不常，遷移無定，汪水雲的嫡系子孫，卽係有傳存者，也無從說起了。

丁氏翻刻本，困係叢書武林往哲遺著中之一種，不能單買，所以一般學子，得讀汪水雲詩詞全集者，爲數不多。十餘年前，有正書局曾照宋詩鈔的底本，排印過一本『水雲石門詩鈔』的小册子，但絕版已久，市面上也不見流傳了，故而近時除就武林往哲遺著中的刻本以外，很難有機會得讀汪水雲的詩詞。

靜的文藝作品

自己大約因爲從小的教養和成人以後的習慣的關係，所嗜讀的，多是些靜如止水似的遁世文學。現在佗傺無聊，明知道時勢已經改變，非活動不足以圖存，這一種嗜好應該克服揚棄了，但一到書室，拿起來讀的，總仍舊是二十年前曾經麻醉過我的，那些毫無實用的書。

小時候第一次接觸這一類書時的開口乳，是一位爲法國翰林院所褒獎過的 Emile Souvestre 著的 Un Philosphesous les Toits, 的英譯本 An Attic Philosopher in Paris 。這一位屋頂間的哲人，生活簡單，頭腦冷靜，對人世的過年過節，慶賀歡歌，都只是平心靜氣地在旁觀賞；有時候發兩句議論，有時候引一節古典，一年四季，春夏秋冬，興與人同，狂非我分，樂道安貧，貓貓虎虎，一輩子就過去了。

嗣後就在我的心裏，種下了一個偏嗜這一種清靜的遁世文學的毒根，而和我周旋得最久，到現在也還是須臾不離的，是美國的那位肺病哲學家 Henry David Thoreau 的六七册著作。

他的森林生活的記錄 Walden: My Life in the Woods 原已經是世界有名的了，但其他的散著，若孔告兒特河上的旅遊，若坎拿大的一美國人，若麻省的早春，夏，冬；若田野間的漫步，若 Cape Cod 諸作品，總沒有一册不是經我讀過在三四回以上的。

其他若 George Gissing 的亨利，萊克洛夫脫的手記，若 Alexnader Smith 的黃鄉隨筆，或名村落文章，若 Hazlitt 的輕快的散文，若 Amiel 的反省日記，若 Silvis Pellico 的獄裏回憶，若 Sennacourt 的 Obermal nn，一系下來，像這一種遁世文學，我眞不知收集了多少册，讀過了多少次，現在漸入老境，愈覺孤獨，和這些少日的好友，更是分不開來了，所以我想特別提出來和大家說說，好教後來的讀者，不致再踏我的覆轍。

總之，西洋的物質文明，比我們中國進步得快，所以自從十八世紀以後，像盧騷，像卡拉兒，像費趣脫，尼采諸先覺，爲欲救精神的失墜，物欲的蔽人，無不在振臂狂呼，痛說西洋各國的皮相文明的可鄙。因之頭腦清晰一點，活動力欠缺一點的各作家，也厭棄了現實生活，都偏向到了清靜無爲的心靈王國裏去。而我們中國人哩，本來是就有這一種傾向潛伏在大家的心裏的，一和這些在西洋以爲新奇，而在中國實在還不見得徹底的文學一接觸，自然是很容易受牠們的麻醉的了，更何況西洋物質文明的輸入，都不過是最壞最淺薄的一面的現在呢！

因此，我有一點小小的建議；這些靜的遁世的文藝，從文藝本身上說，原不是無價值的東西，但我們東方人的讀者，總要到了主見已定，或事功成就之後，纔可以去和牠們接觸；對於血氣方剛，學業未立的青年，去貪讀這些孤高傲世的文學作品，是有很大的危險性在的。

還有一種太熱心於利祿，把自己的本性都忘了的中國現代的許多盲目男女，我倒很想勸他們去讀讀這些西洋人的鄙視物質的名言，以資調劑。因爲中國目前之大患，原在物質的落後，但尤其是使我們的國命斷喪的，却是那一班捨本逐末，只知快樂而專謀利己的盲目的行尸。

並且這些靜的文藝的好處，是在牠的文辭的美麗。上面我所舉出的各位作家，——雖然也還不過是千分之一的一小部分，——他們差不多個個都是很會使用文字的 Stylist ，所以對於爭生存爭麵包忙得不了的現代人，於人生戰場上休息下來，想換一換空氣，鬆一鬆肩膀的時候，拿一册來讀讀，也可以抵得過六月天的一盒冰淇淋，十二月的一杯熱老酒的功用。若去入了迷，成了癮，那可要成問題了，這險是我所不敢保的。

一九三三年十二月。

清新的小品文字

周作人先生，以爲近代清新的文體，肇始於明公安竟陵的兩派，誠爲卓見。可惜清朝館閣諸公，門戶之見太深，自清初以迄近代，排斥公安竟陵詩體，不遺餘力，卒至連這兩派的奇文，都隨詩而淹沒了。

近來翻閱筆記宋羅大經鶴林玉露於卷四第七節中見有這麼的一段，先把牠抄在下面：

『余家深山之中，每春夏之交，苔蘚盈堦，落花滿徑，門無剝啄，花影參差，禽聲上下。午睡初足，旋汲山泉，拾松枝，煑苦茗啜之；隨意讀周易，國風，左氏傳，離騷，太史公書，及陶杜詩，韓蘇文數篇。從容步山徑，撫松竹，與麝犢共偃息於長林豐草間，坐弄流泉，漱齒濯足。既歸竹窗下，則山妻稚子作筍蕨，供麥飯，欣然一飽；弄筆窗間，隨大小作數十字，展所藏法帖墨蹟畫卷縱觀之。興到，則吟小詩或草玉露一兩段，再啜苦茗一杯，出步溪邊；邂逅園翁溪友，問桑麻，說秔稻，量晴校雨，探節數時，相與劇談一餉；歸而倚杖柴門之下，則夕陽在山，紫綠萬狀，變幻頃刻，恍可入目，牛背笛聲，兩兩來歸，而月印前溪矣。」

看了這一段小品，覺得氣味也同袁中郎，張陶菴等的東西差不多。大約描寫田園野景，和閑適的自然生活，以及純粹的情感之類，當以這一種文體爲最美而最合。遠如陶淵明的歸去來辭，近如冒辟疆的憶語，沈復的浮生六記，以及史悟岡的西青散記之類，都是如此。日本明治末年有一派所謂寫生文體，也是近於這一種的體裁，其源出於俳人的散文記事，而以俳聖芭蕉的記行文奧之細道一篇，爲其正宗的典則。現在這些人大半都已經過去了。只有齋藤茂吉柳田國男阿部次郎等，時時還在發表些這種清新微妙的記行記事的文章。

英國的 Essay 氣味原也和這些近似得很，但究因東西洋民族的氣質人種不同，雖然是一樣的小品文字，內容可終不免有點兒歧異。我總覺得西洋的 Essay 裏，往往還脫不了講理的 Philosophising 的傾向，不失之太膩，就失之太幽默，沒有東方人的小品那麼的清麗。說到了英國，我尤其不得不提一提那位薄命詩人 Alexander Smith（1830——1867），他們的一派所謂 Spasmodic School 的詩體，與司密斯的一卷名 Dreamthorp（亦名村落裏寫就的文章）的小品散文，簡直和公安竟陵的格調是異曲同工的作品，不過公安竟陵派的人才多了一點，在中國留下了一箇不可磨滅的印蹟，而英國的 Spasmodic School 却只如煙火似的放耀了一次罷了。

原來小品文字的所以可愛的地方，就在牠的細，清，眞的三點。細密的描寫，若不愼加選擇，巨細兼收，則淸字就談不上了。修辭學上所說的

Trivialism 的缺點，就係指此。既細且清，則又須看這描寫的眞切不眞切了。中國舊詩詞裏所說的以景述情，緣情敍景等訣巧，也就在這些地方。譬如楊柳岸曉風殘月，完全是敍景，但是景中却富有着不斷之情；萬里悲秋常作客，百年多病獨登臺，主意在抒情，而情中之景，也蕭條得可想。情景兼到，既細且清，而又眞切靈活的小品文字，看起來似乎很容易，但寫起來，却往往不能夠如我們所意想那麽的簡潔周至。例如西青散記卷三裏的一節記事：

「弄月仙郎意不自得，獨行山梁，採花嚼之，作蝶戀花詞云，……（詞略）。童子刈芻，翁然投鐮而笑曰，吾家薔薇開矣，盍往觀乎？隨之至其家，老婦方據盆浴雞卵，嬰兒裸背伏地觀之。庭無雜花，止薔薇一架。風吹花片墮階上，雞鮍數枚爭啄之，啾啾然。」

只僅僅幾十箇字，看看眞覺得平淡無奇，但牠的細緻，生動的地方，却很不容易學得。曾記年幼的時候，學作古文，一位老熟師教我們說，

『少用虛字，勿用浮詞，文章便不古而自古了』我覺得寫小品文字，欲寫得清新動人，也可以應用這一句話。

一九三三年七月二十八日

略談幽默

幽默究竟是屬於情的呢還是屬於智的？對這問題，許多文學家心理學家，似乎爭論得很起勁。有的說，幽默是全屬於智的，一涉及情，幽默便終止了，譬如，看見一個人，忽而仰天跌了一交，我們就會得笑。但一感到這人跌死了或跌傷了的時候，憐憫同情之心動了，所以笑也就笑不成功。這話原也不錯，但李逵搬母過山，老虎吃了他的老母，後來經他迷說，宋大哥心中不覺好笑，却也是事實。所以說一涉及情，幽默便而終止的話，我覺得也不盡然。不過幽默之來，終像屬於智的部分較多，涉及情的地方較少，倒是講得通的話，若說完全與情無關，那却有點不對了。從前日本人初譯幽默這一個外國字的時候，還有人把牠譯作「有情滑稽」的，假使幽默而不帶一點情味，則這一種幽默，恐怕也不會有多大的回味。俄國柴霍甫的小說戲劇的所以受人歡迎，妙處也就在他的滑稽裏總帶有幾分情味。所以有人說微苦笑的心境，是眞正的藝術心境。

查組成幽默的實際，總不外乎性格和場面的兩種分子。幽默的人物性格，和幽默的事件場面，互相織合起來，喜劇就成功了。讓我先引一段古書作例之後，再來說明：

杭城石某，家甚富，有獃子之名，善於絲竹，而揮金如土，出於意表。後漸貧，屢欲謀售宅，有來議視者，必盛筵款接，優戲笙歌竟日。人或給以看宅未徧，來晨再至，則歌席相待如初，甚至半月未議價，而虧欠已纍纍矣。有田數百畝在蕭山，托王兆祥代售，館於其家；每數日，有人乘輿來索債，形容襤褸，石必鞠躬迎款。向王乞餘錢贈之而去，隔日來，仍復如故。王私問其家人，究何急債乃爾？答曰：「主人所穿洋絨袍，係賃來者，每日賃價千錢，此人係居間言定，索價時，並賞與錢工食，故源源而來也。」時正嚴寒，王視其袍，亦敝甚，勸不如自購裘服，因借銀六錠付之。石至衣店中，揀閱竟日而歸，絕不提及。居數日，王問前買衣銀何在？答曰：「衣有合意者，未講定價值，以銀爲押，約昨日不往取，則銀必押沒；昨因酒醉，偶忘之，無可復問也。」至歲晚，田未售成，石憤急欲自盡，王驚救之，因爲減半價售去。間何急需？石曰：「昨歲欠人千錢，除夕有羣衆持刀斫入，我哀切懇求，許以堂中楠木棹椅及一切什物償利，始恨恨持去：今若空歸，又須受窘迫也。』其癡騃類如此，妻勸之，不聽，因析炊別居，得田百餘畝，尚溫飽；憐石飢寒，製衣遣人送至，石必怒叱之，取衣碎剪如縷，送食至，則拋擲戶外。遂卒以餒死。

京師壽佛寺門前，地甚遼曠，云有鬼，傍晚路過者咸惴惴。一暑夜，溟濛塵雨，淡月微映，一人著屐過，值一人對面來，相去不數步，諦視，其人矗然戴三首焉，疾號倒地，三首者亦狂呼，脫二首而倒。有頃，行人集，始掖起而甦，視三首者，則以兩手捧兩瓜於肩耳，怪其大聲號，故亦驚，釋手碎瓜而殭云。

（以上兩則，都見海昌俞石年著之高辛硯齋雜記中，我是從妙香室叢話卷十四裏轉抄下來的。）

上面的兩則筆記，讀起來都有點好笑，不過第一則的幽默，分明是在石某這一個人的性格上，第二則，當然是由於事件場面的巧合了。雖然僅僅看了這兩節筆記，我們不能不下概括的斷語，但大體說來，則幽默的性格，往往會訴之於情。如法國莫利哀的喜劇，我們讀了，笑自然會笑，但衷心隱隱，對主人公的同情或憎惡之情，也每有不能自已之勢。其次，對於錯誤，顛倒，或意外的幽默場面，則哄然一笑，此外說沒有什麼餘味了，這就因爲不涉及情，所以感人不深的緣故。

一九三三年八月十日

MABIE幽默論抄

美國散文作家氏 Hamilton Wright Mabie ，在一本文學申說（Essays in Literary Interpretation ）裏，有一篇關于幽默的文章，題名 A Word About Humor ，係紐約 Dodd Mead and Company 所發行。現在將這一篇文字的大意，抽譯剝製，介紹在下面。

要把幽默和急智（Wit或作機智）的本質說明，界限劃清，是一件很困難的事情；從古代亞利士多德以來，批評家們誰都在感到。這兩個文學上無處不在的分子，變幻離奇，就是最嚴格最有論理頭腦的思想家，也不能以範疇公式來籠住牠們。牠們的變化多端，不單是一種大大的愛嬌，并且也證實了幽默和急智在人事萬端中所演的重要任務。牠們是無所不在的，凡藝術上，宗教上，歷史上的精神滿溢之處，喜樂與悲哀，友誼與敵愾，高潔與汚濁，同時同樣地都用得着牠們。牠們的性質是最爲大家所周知所認識，可是無論如何，你總不能以一定義來說出。日常我們是樂于用牠們尊重牠們的，但對于固定物件似的界說，却怎麼也下不了。急智變幻太多，幽默基于天性，完全的定義，是不可能的。這不是說，我們對于牠們的性質，不能窺探，對于牠們的歧異，全無明察，英國文學是富于急智與幽默的，因而對于兩者的分析說明，也來的很多。海士立脫，(Hazlitt)，來漢脫(Leigh Hunt)，薩喀萊(Thackeray)等，都喜歡以文章來證說(並非解釋)這些，而許多英美的批評家散文家，無不在加以令人瞭解牠們的幫助。

準確的定義，並非是深奧的思想與瞭解的必要條件；而精神心理的最深邃處，却最易感到而最難捉摸。

急智含有多量智的分子，故輪廓比幽默稍爲淸晰，然兩者性質終極近似，一見之下，往往難以辨得烏之雌雄。總之，兩者的發生，同是由于一種顚倒（Incongruity 或作失諧，不調）與對稱（Contrast）的感知而來；不過急智較爲輕快，乾燥，明顯，純含智的分子，而幽默較爲徹底，遍在，是根于性格和氣質的。急智是才智的巧運，而幽默爲天性的流露。急智是心靈的自覺的機巧，而幽默却出自人性的深處，往往不自覺地從性格中表現出來的。古代的科學者，至指幽默爲組成人身的四大成分之一，實在是很可以助我們瞭解幽默的根本性質的解釋。急智只在事物的外表上徘徊，而幽默能入牠們的深處，洞徹到底，並不有意識地探握到牠們的隱祕。急智是沒有聲色，不動情感，乾燥抽象的；但幽默却係全人格，全身心的表現，有柔情，有同情，有憐情，有哀情。即使撩人作笑，却也並無惡意與狠心，其爲笑也，與淚相聯，兩種情懷，常常極自然地混合錯綜，像是四月里的天氣。

最深的幽默，決不含破壞，譏刺，傷人之意。服爾德的幽默，常是輕笑冷諷的假面，而海涅的急智却銳利得像外科醫生的鋼刀。但西萬提斯的幽默，是對人尊敬客氣，莎士比亞的幽默，又是富于柔情哀意的。

勃須納而博士（Dr.Bushnell）說得好：『急智是乾燥的故意的造作，想博得贊許，想呑沒對方，且含妒意，想把人家的善處好處掩抑下去。至於幽默，是精神本身的潤澤之蒸發，笑時因爲滿懷是笑，不得不爾，若含哀意，儘可以哭，持滿充盈，啼笑皆宜。陣雨淋枝，黃櫻細草也點點含珠；其后清光化日來臨，照出晶瑩的水滴，終無存心故意的形跡可求，將使你辨不出這究竟是笑的淚還是哭的淚。』健全，自在，是幽默的特性。急智有時也許可以自在，可以健全，甘美，可以發人隱祕，但幽默却必然地是自在，健全，甘美，顯示隱祕的。

急智便于引用一句兩句，不能全讀，服爾德，雪特尼、斯密司（Sydney Smith），大仲馬等的急智，都是如此。牠只是對話中的一句警語，如電光之一閃，不能包括人生或思想之全部，無創造的活力。比到廣大，賅括，使萬物成熟的陽光似的幽默，却差得多。幽默就是將全人生顯示給我們的東西，如亞利士多芬納斯，西萬提斯，莫利哀，莎士比亞等的作品，所給與我們的，便是全人生的飜譯。羅雪安，拉勃來，海涅等的幽默，却是自由自在，天空海闊，打破武士制度形式，打破虛僞，自欺，打破賤民主義的狹小，自滿，愚陋與淺薄的生力軍。尤其是海涅，初看似乎是破壞的，但是他的那一種矛盾的性格，善感的天資，詼諧的高調，畢竟是他對時代，對環境的反抗。這便是他的作品的特長，也即是幽默的眞諦。至若亞利士多芬納斯，則更是一個破壞一切，解放人類的創造者了。

若說這一個人生廣汎的包羅，與解放的力量，是破壞的幽默家的特質的話，那以眞誠嚴肅來對待人生的建設的幽默家，如莎士比亞，莫利哀，西萬提斯，李希泰（Richter），喀拉愛而（Carlyle）等，更是重視他了。這兩種幽默家的研究，可以使我們看出幽默所包括的背景，實在更幽默家所處的世界還要大一點。大幽默家悠然泰然遊戲人間，就足證明具的瞭解一切人生的祕密，而較孜孜從事于工作者所包含的更偉大更自由完滿。因爲遊戲是一種大力量飽滿後的自在的流出，是藝術家將他的思想體化時的喜悅與豐滿的遊刃。

認眞的論理家，不認想像與洞察力爲可靠，終身營營于規矩方圓之中，見人生之一面，自以爲已冒萬險而窮究竟；殊不知幽默者，方站在世界圈外，靜觀人生，以全體的眼光，在看萬象系統中之一部分人事世事。他明知人生是一悲劇，但作整個的觀察時，陰影亦爲光明所掩沒。故幽默家對于近身事體，許爲一厭世悲觀者，但對于宇宙的實際，整個人生的價值與尊嚴，却自有他的樂觀的信仰。

蘇克拉底泰然處世，在人生最重要的關頭，亦能以反諷的態度相處，就因爲他早超出于地域人種等的小信念，而抱有一絕對根本的大信念在那里。咯拉愛而利用幽默和想像的交織，以人生背景的無限與永久爲目標，故能輕視傳統的舊習，以睥睨一世。莎士比亞的悲劇，和他的喜劇，同出一源，是由他的天性與人生觀里溢流出來的力量。他的描寫悲劇原因，是超然處于一優越者的地位，因他知道違反天則者，悲劇原是難免的結果。他以深沈大覺者的態度，描寫悲劇的經過，一絲不亂，平穩安閑，因爲他早就從一時的風雲黑暗，而看到了彼岸的天空。這就是大幽默的沈著，係由事物的全體統觀而來的沈著。

幽默在這根本的意義上，就是人生的顚倒與對稱的感知。從人生的論理觀點看來，這對稱是悲劇的，從自由擴大的信念原意，通過想像來看，這對稱却是富於幽默的。小孩子們因爲不懂事物相關的界限與重要而有時會得到痛苦的經驗，由成人看來，這些經驗原是很可笑的；從神通的視點來看人生，也免不了有同樣的幽默分子存在人生之中。以有不滅的靈魂的人類，而去經商營販，搬弄些卽滅的事物，更營營于衣食，而敢敢欲保此靈魂的外殼，必滅的軀體，豈不是很可笑的事情？幽默之源，就在這人類不滅的靈魂與必滅的物質關係的對稱矛盾之上。將這幽默，說得最透闢的書，當無過于喀拉愛而的那部衣裳哲學（Sortor Resartus）了。

有限與無限的矛盾對稱，便是人生的幽默之源，唯達觀者，有信念者，遠視者，統觀全體者，得從人生苦與世界苦裏得到安心立命的把握，而暫時有一避難之所。幽默是一牢不可破的信仰的諦觀，所以帶幾分憂愁，是免不了的。世人之視幽默爲輕率，爲不懂人生的嚴肅者，實在是大錯而特錯的見解。

一九三四年十二月

談談民族文藝

民族文藝的叫喚，大抵是某一個民族，受到了他一民族的重壓，或某一個民族伸張發展，將對其他民族施以重壓時的必然的流露；前者的例，在中國歷代被外族所侵，終至於亡國的時候，都可以看出，而尤以目下爲最著；後者的例，是德國在世界大戰以前的流行現象。現在當希脫拉在壓迫猶太民族的正中，死灰又復燃了。

文藝的與民族人種有關，是鐵樣的事實；因爲文藝根本就是人所創造的東西，而個人終有其族，終有其種，荒島上的盧炳遜是決不會爲了他自己一個人而去創造文藝的。

則因環境與時代的不同，以及變質的發露，小節或偶有差異之處，如等爲一犬之長而爲獵犬，爲守門犬，爲愛玩犬一樣，但結果的大關節目，總還是有人種的特殊地方保存在那裏的。泰納的這種透闢的批評見解，實在是可以拿來作民族文藝的論據的一塊柱石。大家試想想，在同一個疆土之中營生活，體質面貌有同一的形象，所用的又是一種語言文字，社會制度，習慣風俗感情等等，又都是一樣的一羣人，他們所造出來的文藝，那裏會沒有互似的共通之點呢？

民族文藝的論調，到了一境之隔的德國，經過古藝術史研究家 Winckelmann (1717-1768) 的創導，以爲希臘的藝術，就是從希臘的人種，風土，宗教，社會，習慣等全民族的內外生活所發生的精神之果；同時又有詩人 Herder (1744—1803) 的歌頌人類的大議論 (Iden Zur Qeschichte der Menschheit) 出現，說到人類的發達，應從國家的民族的團體生活上著眼；凡言語，宗教，法律，文藝等等，都是民族的特質與境遇的必然結果，團體生活的自然的生產；一國的文學全體，就是這一國國民的文化的反映，這一國國民的活的生力體系（Ein System Lebendiger Kraft）的表現；詩人就是較周圍諸人感覺更靈敏更深刻的民族先覺者，所以文學可以說並不是個人與爲個人的產物，也不是可以私有的東西。繼這一種見解之後，又來了世界的兩大詩人德歌與雪勒的作品的實證，於是民族文藝或國民文學的觀念，就根深蒂固地種入在日耳曼民族的腦裏了。結果，在一九一四年終於引起了世界的大戰，直到現在，這觀念也還在驅使希脫勒黨徒，虐殺無國家的猶太的流民，如在頭上我所說過的一樣。

像這樣約略地把歐州的民族文藝理論起伏的經過考慮了一遍之後，却好回顧到我們目下的中國來了；在目前的中國，正是提倡民族文藝最適當也沒有的機會，且看在政治上，在言論上，以及社會的一切上，左傾思想的潛伏，與民族主義論調的高張，就可以曉得強鄰壓境的時候，一般民衆所急於要保存的是什麽東西。何以在五四的當時，在國民革命軍出發的前後，以及三五年前普羅文學盛行的期間，民族文藝這一個名詞，會不受人歡迎的呢？從這裏，我們可以知道，凡是一種運動，或一個名詞，時機未熟，客觀的條件不會具備，但憑幾個人來空喊是不會發生絕大的效力的。民族思想，民族意識，在我們之先的先覺者，不知已經說了多少次了，可是不到亡國的關頭，不服奴隸的賤役，不至於家破人亡的絕境，民族自覺的意識，是不會普遍地發揚，像目下那麼的深刻的。

既然有了民族意識的自覺，自然首先要把這意識具體化到最微妙最易感的文藝上來，於是乎民族文藝的這一個口號，就變成了目下文藝界的寵兒；而有許多作家，並且也有意識地創作了許多篇的東西了，可是在這裏，我就感到有兩點危險的地方。

第一，像目下我們聽人在提倡的那一種民族文藝，覺得未免太狹義了一點。狹義的愛國心，狹義的民族主義，是要遺誤大事的；從結果好的一方面說，卽使民衆一時受了刺激，果然團結自強了，若不識大體地一直的下去，恐怕終於要變成戰前的德國，目下的日本一樣，弄成一種人不我侵而我將侵人的狀態。

第二，我們現在聽人在提倡的一種民族文藝，似乎不着重在民族的全體，而只着重在民族中特異的個人；這一種英雄崇拜思想在藝術上的流露，是窮來說富時，老來說少年的回顧的溫情，是民族衰老的證明。

總之我想說，偉大的文藝，就是不必提倡，也必然地是民族的文藝；但既經提倡了，則當以整個民族爲中心，以世界人類爲對象，本着先圖自強，次求共存的精神做下去纔對。地球上若只成了一種人種或一個國家的時候，文化還有進步的日子麼？並且民族文藝作品，也並非一定要說『殺到東京去！殺盡日本人！』纔是正宗。把目光放大來一看，則描寫財主的橫暴，官吏的貪汚，軍閥的自私，如東周列國志，水滸傳等，敍述學子的寒酸，酷吏的刻薄，如儒林外史，老殘遊記之類，也未始不是我們中國的民族文藝。

不過再進一步的說法，民族文藝的確立，要進了世界文藝的圈內，纔算能夠穩定。同在前面已經說過的一樣，民族文藝的成立，要有甲乙的比較，彼此的不同特點，纔能要求獨立的地位，世界的公認。若只有幾句仄平平，或一篇「大哉孔子」，則在中國，或許可以誇爲民族文藝的傑作，但一經比較，恐怕就要等於沙上的樓臺，說不定經過一陣狂風之後，也就會坍下來的。

（一九三五年十二月）

談 詩

我不會做詩，尤其不會做新詩，所以新詩的能否成立，或將來的展望等，都談不上。似聞周作人先生說，中國的新詩，成績並不很好。但周先生的意思，不是說新詩可以不要，或竟教人家不要去做。以成績來講，中國新文學的裏面，自然新詩的成績比較得差些。可是新的感情、新的對象，新的建設與事物，當然要新的詩人纔歌唱得出，如以五言八韻或七律七絕，來咏飛機汽車，大馬路的集團和高樓，四馬路的妓女，機器房的火夫，失業的人羣等，當然是不對的。不過新詩人的一種新的桎梏，如荳腐乾體，十四行詩體，隔句對，隔句押韻體等，我卻不敢贊成，因爲既把中國古代的格律死則打破了之後，重新去弄些新的架鎖來帶上，實無異於出了中國牢後，再去坐西牢；一樣的是牢獄，我並不覺得西牢會比中國牢好些。

至於新詩的將來呢，我以爲一定很有希望，但須向粗大的方面走，不要向纖麗的方面鑽纔對。亞倫坡的鬼氣陰森的詩律，原是可愛的，但霍脫曼的大道之歌，對於新解放的民族，一定更能給與些鼓勵與激刺。

中國的舊詩，限制雖則繁多，規律雖則謹嚴，歷史是不會中斷的。過去的成績，就是所謂遺產，當然是大家所樂爲接受的，可以不必再說；到了將來，祇教中國的文字不改變，我想著着洋裝，喝着白蘭地的摩登少年，也必定要哼哼唧唧地唱些五個字或七個字的詩句來消遣，原因是因爲音樂的分子，在舊詩裏爲獨厚。

當然，新詩裏——就是散文裏，也有一種自然的韻律，含有在那裏的；但舊詩的韻律，唯其規則嚴了，所以排列得特別好。不識字的工人，也會說出一句『今朝有酒今朝醉』來的道理。就在這裏。王漁洋的聲調神韻，可以風靡一代；民謠民歌，能夠不脛而走的原因，一大半也就在這裏。

除了聲調韻律而外，若要講到詩中所含之『義』，就是實體的內容，則舊詩遠不如新詩之自在廣博。清朝乾嘉時候有一位趙翼（甌北），光緒年間有一位黃遵憲（公度），曾試以舊式古體詩來過新思想新事物，但結果終覺得是不能暢達，斷沒有現在的無韻新詩那麼的自由自在。還有用新名詞入舊詩，這兩位原也試過，近代人如梁任公等，更加喜歡這一套玩意兒，可是半新不舊，卽使勉強造成了五個字或七個字的愛皮西提，也終覺得礙眼觸目，不大能使讀者心服的。

舊詩的一種意境，就是古人說得很渺茫的所謂『香象渡河，羚羊掛角，』『無跡可求的那一種弦外之音，新詩裏比較得少些。唐司空表聖的二十四詩品，所贊揚的，大抵是在這一方面。如冲澹，如沈著，如典雅高古，如含蓄，如疏野淸奇，如委曲，飄逸，流動之類的神趣，新詩裏要少得多。這與形式工具格律，原有關係，但最大的原因，還是在乎時代與意識之上。今人之不能做陶韋的詩，猶之乎陶韋的不能做離騷一樣，詩人的氣稟，原各不同，但時代與環境的影響，怎麼也逃不出的。

近代人旣沒有那麼的閑適，又沒有那麼的沖澹，自然做不出古人的詩來了；所以我覺得今人要做舊詩，祗能在說理一方面，使詞一方面，排韻鍊句一方面，勝過前人，在意境這一方面，是怎麼也追不上漢魏六朝的；唐詩之變而爲宋詩，宋詩之變而爲詞曲，大半的原因，也許是爲此。

舊詩各體之中，古詩要講神韻意境，律詩要講氣魄對仗，近代人都不容易做好。唯有絕詩，字數旣少，更可以出奇制勝，故而作者較多，今後中國的舊詩，我想絕句的成績，總要比其他各體來得好些，亦猶之乎詞中的小令，出色的比較的多，比較得普遍也。

做詩的祕訣，新詩方面，我不曉得，舊詩方面，於前人的許多摘句圖，聲調譜 詩話詩說之外，我覺得有一種法子，最爲巧妙。其一，是辭斷意連，其二，是粗細對稱。近代詩人中，唯龔定菴，最擅於用這祕法。如『終勝秋燐亡姓氏，沙渦門外五尙書』，『近來不信長安隘，城曲深藏此布衣』，『祇今絕學眞成絕，册府蒼涼六幕孤』，『爲恐劉郎英氣盡，卷簾梳洗望黃河』，『夢斷查灣一角靑』，『自障紈扇過旗亭』，『蒼茫六合此微官』，之類，都是暗用此法，句子就覺得非常生動了。古人之中，杜工部就是用此法而成功的一個。我們試把他的詠明妃村的一首詩舉出來一看，就可以知道。

詠懷古蹟　明妃村

羣山萬壑赴荊門，生長明妃尙有村，一去紫臺連朔漠，獨留靑塚向黃昏，畫圖省識春風面，環珮空歸月夜魂，千載琵琶作胡語，分明怨恨曲中論。

頭一句詩是何等的粗雄浩大，第二句卻收小得祇成一個村落。第三句又是紫臺朔漠，廣大無邊，第四句的黃昏靑塚，又細小纖麗，像大建築物上的小影刻。今年在北平，遇見新自歐洲囘國的美學家鄧叔存，談到此詩，他傾佩到了極頂，我說此詩的好處，就在粗細的對稱，辭斷而意連，他也點頭稱然。還有杜工部的近體，細看起來，總沒有一首不是如此的。譬如在夔州作的登高一首：

風急天高猿嘯哀，渚清沙白鳥飛迴，無邊落木蕭蕭下，不盡長江滾滾來，萬里悲秋常作客，百年多病獨登臺，艱難苦恨繁霜鬢，潦到新亭濁酒杯。

又何嘗不然。總之，人的性情，是古今一樣的，所用的幾個字，也不過有多少之分，大抵也差不到幾千幾萬。而嚴滄浪所說的『詩有別才，非關學也』，幾微之處，就在詩人的能用訣巧，運古常新的一點。

一九三四年十月

娛霞雜載

清康熙的時候，休甯趙吉士恆夫，於做了一任交城縣後，就在北平住下了，做官到了給練。他的別業寄園，就在宣武門的西偏，菜市西南，教子胡同內。有人也說，長椿寺西，全浙會館，便是寄園的故址。讀查他山九日遊寄園詩：『縈成曲磴疊成岡，高着樓台短着牆，花氣清如初過雨，樹陰濃愛未經霜，熟遊不受園丁拒，放眼從驚客路長，亦有東籬歸不得，四年京洛共重陽，』可以想見當時寄園的花木樓台之勝。癸亥甲子之交，我寄寓北平，日斜客散，往往獨步於菜市的附近，想尋出那寄園的遺址來；可是尋來尋去，不但舊跡無存，就是老樹，也不多見。寄園藏書之富，本爲當時的京官所豔稱。趙著萬青閣全集，流傳不廣，我也不曾見到，而其所編之『寄園寄所寄』十二卷，却爲婦孺所共賞，現在還在流行。趙吉士的萬青閣詩餘，曾在淸百名家詞鈔裏見到十首，現在且抄一首遊平山堂的揚州慢在這裏，以見一斑：『霜岸粧樓，草橋畫舫，隔林幾處烟鐘。望江南無數，碧浪瀉雲峯。廬陵子，搆堂以後，春風楊柳，歲歲啼紅。到而今欄檻，依然半依晴空。何方歌吹，杜郎夢斷竹西中。想北海荒陵，東山老檜，曲徑遙通。已是小陽春候，猶留得，半壑秋容。嘆劉蘇難再，風流誰繼遺蹤。』平時喜翻閱前人筆記及時文別集，很有彷『寄園寄所寄』遺意，隨時抄錄，別類分門，以成一書之野心。可是近年來日逼于衣食，做賣錢投稿之文，尙無暇晷，這事是辦不到了，以後只想於茶餘酒後，未拿正式寫稿筆之先，來抄錄一點，聊以寄興。因爲霞很喜歡讀這一類的詩文，所以名之曰『娛霞雜載』。

金壇于敏中，字叔子，一字重棠，花朝舟中寄內詩云：『靑山曲曲迢迢，紅白山花擁晝撓，寄語歸潮將信去，富春江外過花朝』。『梁燕雙棲二月中，小桃庭院又東風，憑欄憶到春山外，可繫花間一道紅』。這乃是公宦遊越中時所作，細膩風光，柔情可掬。我平時很想將關係富春的詩詞文賦，抄成一册，仿嚴陵集例。名之曰『富春集』。像這兩絕，當然是富春集裏的材料。公乾隆進士，授修撰，歷官文華殿大學士，文淵閣領閣事，卒諡文襄。

幼時曾熟記律詩一首，題名春景，『裁紅暈碧淚漫漫，南國春來正薄寒，此處柳花如夢種，向來烟月是愁端，畫堂消息何人曉，寶鏡容顏獨自看，珍重君家蘭桂寶，東風取次一憑欄』。書題作者爲柳氏，不知是否牧齋夫人楊愛之作。即係後人僞托，詩總也是好詩，而尤以前半截爲更有情趣。

宋呂蒙正微時，嘗於臘月祀竈日，作送神詞云：『一炷清香一縷烟，灶君今日上青天，玉皇若問人間事，報道文章不值錢』。這與劉後村贈相士詩：『拙貌慙君仔細看，鏡中我自覺神寒，直從杜甫編排起，幾個吟人作大官』，一樣的感慨。

厲太鴻宋詩紀事，八十七卷閨媛部，有寇萊公妾蒨桃，爲公因會贈歌姬以束綾，作詩呈公云：『一曲清歌一束綾，美人猶自意嫌輕，不知織女螢窗下，幾度抛梭織始成』。『風勁依單手屢呵，幽窗軋軋度寒梭，臘天日短難盈尺，何似妖姬一曲歌』。兩詩雖像是滿含醋意，可是相府的愛妾，而竟能關懷到寒窗織女的苦哀，也不得不說她是仁者之言。又同卷中，轉載隨隱漫錄一條，記姑蘇女子沈清友一絕：『晚天移棹泊垂虹，閒倚篷窗問釣翁，爲底鱸魚低價賣？年來朝市怕秋風』，也頗得風人微諷之意。

南豐劉壎，本爲宋室遺民，其所著『隱居通議』二十卷，論詩論文，頗有獨到之處。卷七記曾南豐一條，力辯世俗傳言謂子固不能作詩之無識，曾抄有曾子固詩句若干，中有城南絕句一首：『雨過橫塘水滿提，亂山高下路東西，一番桃李花開盡，惟有青青柳色齊。』又夜過利沙門一首：『紅紗籠燭照斜橋，複觀翬飛入斗杓，人在畫船猶未睡，滿堤明月一谿潮』，乃係曾在福建時作，的是好詩。

杭州的文人，大家都知道『到江吳地盡，隔岸越山多』的一聯，以爲只有十字的斷句。全唐詩中載有此詩，乃釋處默題聖果寺之作：『路自中峯上，盤回出薛蘿，到江吳地盡，隔岸越山多。古木叢青靄，遙天浸白波，下方城郭近，鐘磬雜笙歌』。據編者所考，處默初與貫休同薙染，後入廬山，與修睦，棲隱遊，當爲唐末五代初人。全唐詩中存詩亦僅八首，其咏織婦一絕：『蓬鬢蓬門積恨多，夜闌燈下不停梭，成縑猶自賠錢納，未直青樓一曲歌』，語意與蕎桃相似，而織戶苦狀，和現下杭州的機織業者又略同。

綿州李調元雨村，乾隆二十八年進士，改庶吉士；三十一年散館，改授吏部文選司主事。三十九年，放廣東副考官，四十二年因畫稿兩議被參。旋以特旨，簡授廣東學政，三年任滿，補直隸通永道。解組歸後，以著述自娛，晚號童山老人，刻有函海，升庵著書，全五代詩等，童山詩集四十卷，童山文集二十卷，以及雨村詩話，賦話，詞話，曲話，劇話等。與袁蔣趙同時而略少，後隨園二十二年生，較問陶張船山又長一輩，其論詩要旨，亦重性靈，大約是當時的風尚。詩話序中有云：『夫花既以新爲佳，則詩須陳言務去；大率詩有恆裁，思無定位。立言先知有我，命意不必由人。詩衷於理，要有理趣，勿墮理障。詩通于禪，要得禪意，毋墮禪機。言近而指遠，節短而韻長，得其一斑，可窺全豹矣』。又詞話序中，有釋話字之大旨兩語曰：『大凡表人之姸，而不使美惡交混曰話：摘人之強，而使之瑕瑜不掩亦曰話』，他的著作態度，可以想見。雖則僻處西蜀，才不如袁趙諸家，名亦不能傳遍海內，但刻意好詩書，專心弃著述，童山老人當然亦是乾嘉文壇的一位健將。

遵義鄭子尹，與獨山莫友芝齊名，咸豐中，人目爲黔中二傑，歿於同治三年。治許鄭學，精三禮，故爲文有根底，詩近蘇黃，而不規規背仿古人。著作除經學箋考諸書外，有巢經巢文集六卷，詩集九卷，後集遺集各若干卷。現在抄錄幾首他的詩在這裏，以見經生辭藻，亦並非專是曰若稽古的一流。晚興：『寫畢黃庭册，歸從道士家，晚風停子上，閒看白蓮花』。寄遠：『美人夜起梅花底，身載梅花渡江水，四天尋徧不相聞，遙認寒燈九萬里。柔腸牽引不禁愁，暗有銅仙涕淚流，多情賴得徒相憶，若便相逢盡白頭』。邯鄲：『盡說邯鄲歌舞場，客車停處草遮牆，少年老去才人嫁，獨對春城看夕陽』。南陽道中：『先車雨過塵方少，未夏村明望不遮，林脚天光如野水，麥頭風燄渡晴沙。春當上巳猶無燕，地近南都漸有花，晝睡十分今減半，爲留雙眼對芳華。』行至靜懷莊寄家：『秋山逆客影蕭蕭，落拓吟魂不可招，郵店雨來天欲晚，行人方度杏花橋。』好句正多，抄不勝抄，割取一臠，聊當大嚼而已。

張泌初仕南唐，入宋官虞部郎中，寄故人一絕：『別夢依依到謝家，小廊廻合曲闌斜，多情只有春庭月，猶為離人照落花』，尙有『楊子江頭楊柳春』的遺味；至汪水雲湖州歌中之『京口沿河賣酒家，東邊揚柳北邊花，柳搖花謝人分散，一向天涯一海涯』，則語意率直，眞是宋人口吻。詩分唐宋，並無優劣之意，不過時代不同，語氣自然各異耳。

西溪老漚袁忠節公，正色立朝，讜言殉志，自是清末一代名臣。公故里桐廬，又與富陽接壤，我收藏他的著作以及關於當時的册籍不少，人但傳其詩句僻澀，上追北宋，殊不知他的長短句，也音節悠揚，直入宋人堂奧，現在且抄兩闋朝中措在這裏，以示才人的多藝。其一詠桂花：『一枝移得小山叢，膚粟鏤金融。荷後菊前位置，秋光爛占離東。輕浮抹麗（俗作茉莉蓋譯音也），冶容梔子，掃地俄空。憑仗天風吹送，餘香散入房櫳』。其二淀，園：『畫橋流水碧潺潺，烟外幾重山。曲澗朱闌一徑，垂楊青瑣雙環。芊綿蹕路，名園相倚，花掩重關。一片曉雲開處，金庭出翠微間。』

昭文孫原湘字子瀟，中式乾隆乙卯恩科江南鄉試，嘉慶乙丑進士，改翰林院庶吉士，充武英殿協修官。假歸，得怔忡疾，遂絕意仕進，但主毓文，紫閬，婁東，游文諸書院講席；爲人樂善好施，廣惠鄉里，道光九年享壽七十歲卒。著有詩詞古文駢體文及外集六十卷，名天眞閣集，而尤長於豔體。其論詩主性情，講風雅，故所作輒玉潤珠圓，不施金翠，而風格天然。夫人虞山席佩蘭女士，本係外家中表，爲隨園入室女弟子，長眞閣集詩詞數卷，亦情致纏綿，足與天眞閣集前後輝映。閨中唱和無虛日，乾嘉詩人之飽享豔福者，當以子瀟爲第一，他着張船山，孫淵如，卽袁子才，亦有所不及。子瀟有押環字無題詩二十四章和竹橋丈韻，中數首爲『絳闕宸妃字阿環，雲軿小謫鳳城間，神光離合隨方變，仙夢凄迷竟夕閒。凝雪自穿衫縷瑩，纖塵不上襪羅斑，玉樓咫尺如天遠，何況樓中潤玉顏』。『一年小夢事循環，又値秋分白露間，十洞三淸皆阻礙，六張五角每空閒。訴將幽怨鵾絃語，替得悲啼鳳蠟斑，鎭日畫圖中看殺，何時暫許對芳顏』。『麗質休猜燕與環，穠纖修短適中間，小鬟戲學晨梳嬾，中婦偸窺午夢閒。畫角暗搔纖指暈，墨痕微舔絳脣斑，不知憶着何年事，半晌妝臺獨解顏』。夫人亦和成四章，其二云：『小閣疏簾綠樹環，妝台移至北窗間，工書贏得蠻箋積，貪繡翻抛羽扇閒。藕雪素絲留有節，瓜浮碧玉辨無斑，蘭橈早絕清遊想，羞共芙蕖門粉顏』。其四云：『屈膝團屏面面環，水沈鑪火置中間，金鈴遠報風聲緊，綵線頻量日影閒。薦柰自勞盤搦粉，吟椒猶喜管拈斑，耐寒生與梅花似，冰作肌膚雪作顏』。至其送外入都一首：『打疊輕裝一月遲，今朝眞是送行時，風花有句憑誰賞，寒暖無人要自知。情重料應非久別，名成翻恐誤歸期，養親課子君休念，若寄家書只寄詩』，哀而不怨，情摯且長，眞備有大家的風度。

記閩中的風雅

到了福州，一眨眼間，已經快兩個月了。環境換了一換，耳之所聞，目之所見，果然都是新奇的事物，因而想寫點什麼的心思，也日日在頭腦裏轉。可是上自十幾年不見的舊友起，下至不曾見過面的此間的大學生中學生止，來和我談談，問我以印象感想的朋友，一天到晚，總有一二十起。應接尚且不暇，自然更沒有坐下來執筆的工夫。可是在半夜裏，在侵晨早起的一點兩點鐘中間，忙裏偸閑，也曾爲宇宙風，論語等雜誌寫過好幾次短稿。我常以爲寫印象記宜於速，要趁它的新鮮味還不曾失去光輝中間；但寫介紹，批評，分析的文字，宜於遲，愈觀察得透愈有把握。而現在的我的經驗哩，却正介在兩者之間，所以落筆覺得更加困難了一點。在這裏只能在皮相的觀察上，加以一味本身的行動，寫些似記事又似介紹之類的文字，倒還不覺得費力，所以先從福建的文化談起。

福建的文化，萌芽於唐，極盛於宋，以後五六百年，就一直的傳下來，沒有斷過。宋史浩帥閩中，鋪了仙霞嶺的石級，以便行人；於是閩浙的交通便利了，文化也隨之而輸入。朱熹的父親朱松，自安徽婺源來閩北作政和縣尉，所以朱子就生在松溪。朱松歿，朱子就父執白水劉致中勉之。籍溪胡原仲憲，屏山劉彥冲翬，及延平李文靖愿中等學，後來又在崇安，建陽，以及閩中閩南處講學多年，因而理學中的閩派，歷元明清三代而不衰。前清一代，閩中科甲之盛，敵得過江蘇，遠超出浙江。所以到了民國廿五年的現代，一般咬文嚼字，之乎者也的風氣，也比任何地方還更盛行。風雅文獻的遺者，上自唐朝林邵州遺集，歐陽詹四門集起，中更西崑，滄浪，後村，至謝皋羽而號極盛；元明作者繼起，致詩中有閩派之幟；鄭少谷，曹石倉輩，更是一代的作手：淸朝像林茂之，黃莘田，朱梅崖，伊墨卿，張亨甫，林穎叔輩，都是馳聘中原，聞名全國的詩人，直到現在，除漢奸鄭孝胥不算中國人外，還有一位巍然獨存的遺老陳石遺先生。所以到了福建之後，覺得最觸目的，是這一派福州風雅的流風餘韻。晚上無事，上長街去走走，會看見一批穿短衣衫褲的人，圍住了一張四方的燈，仰起了頭在那裏打燈謎。在報上，在紙店的櫃上，更老看見有某某社徵詩的規約及命題的廣告。而徵詩的種類，最普遍的却是嵌字格的十四字詩鐘。譬如『徵夾』『鳳頂』，就是一個題目，應徵者若呈『夾輔可憐工伴食，徵臣何敢怨投閒』（係古人成句）的一聯，大約就可以入上選了。開卷之日，許大衆來聽，以福州音唱，榜上仍有狀元榜眼探花等名目。搖頭擺尾，風雅絕倫，實在是一種太平的盛事。福州也有一家小報名『華報』；『華報』同人都是有正當職業的人，蓋係行有餘力，因以弄文的意思，和上海的有些黃色小報，專以敲竹槓爲目的的，有點兩樣。曾有一次和華報同人痛飲了一場之後，命我題詩，我也假冒風雅，呈上了二十八字：『閩中風雅賴扶持，氣節應為弱者師，萬一國亡家破後，對花灑淚豈成詩！』這打油詩，雖衹等於輕輕的一屁，但在我的心裏，却誠誠懇懇地在希望他們能以風雅來維持氣節，使鄭所南，黃漳浦的一脈正氣，得重放一次最後的光芒。

一九三六年三月末日。

梅雨日記

一九三五年六月廿四日，在杭州。

是陰歷的五月廿四日，星期一，陰；天上仍罩着灰色的層雲，什麼時候都可以落下雨來。氣温極低，晚上蓋了厚綿被，早晨又穿上了夾襖。本來是大家憂旱災再來的附近的農民，現在又在憂水災了；『男種秧田女摘茶，鄉村五月苦生涯，先從水旱愁天意，更怕秋來賦再加，』這是前日從上海囘杭，在車中看見了田間男女農民勞作之後，想出來的詩句；農村覆滅，國脈也斷了，敵國外患，還不算在內；世界上的百姓，恐怕沒有一個比中國人更吃苦的。

這一次住上海三日，又去承認了好幾篇不得不做的小說來；大約自六月底起，至八月中旬止，將無一刻的空閑。計譯文一篇，人間世一篇，全集序文一篇，是必須於十日之內交出的稿子。此外則時事新報與文學的兩篇中篇，必須於八月中交出。還有大公報，良友，新小說的三家，也必須於一月之內，應酬他們各一篇稿子。

開始讀 A. J. Cronin 著的小說 Hatter's Castle 係一九三一年倫敦 Victor Gollancz 公司發行的書；這公司專印行新作家的有力作品，此書當也係近年來英國好小說中的一部；不過 Hugh Walpole 的近代英國小說的傾向中，未題起這一個名字，但筆致沈着，寫法周到，我卻覺得這書是新寫實主義的另一模範。

中午接到日本寄來的三册雜誌，午睡後，當寫兩三封覆信，一致日本鄭天然，一致日本邢桐華，一致上海的友人。太陽出來了，今天想有一天好晴，晚上還須上湖濱去吃夜飯。

中午記

六月廿五日，星期二，陰，時有陣雨。

舊曆五月廿五，午前出去，買了一部詩法度鍼，一部皐朝古學類編，實卽姚梅伯選皐朝駢文類編，一部大版經義述聞。三部書，都是可以應用的書，不過時代不同，現在已經無人過問了。午後想寫東西，因有友人來訪，不果；晚上吃了兩處飯，但仍不飽。明日尙有約，當於午後五時出去。

與詩人戴望舒等談至夜深，十二時始返寓睡，終夜大雨，臥小樓上，如在舟中。

六月廿六日，星期三，大雨。

午前爲杭州一旬刊寫了一篇雜文，書扇面兩張，雨聲不絕，頗爲鄉下農民憂，聞富陽已發大水。中午出去吃飯，衣服全淋濕了。一直到夜半回寓，雨尙未停；喝酒不少，又寫了好幾把扇面。

六月廿七日，（五月廿七），星期四，晴。

天漸熱，除早晨三四個鐘頭外，什麼事情都不能做，午後祇殭睡而已。

三點後，有客來，卽昨晚同飲的一批。請他們吃飯打牌，鬧到了十二點鐘。

客散後，又因興奮，睡不着覺，收拾畫幅等，到了午前的一點。夜微涼，天上有星宿見了，是夏夜的景象也。

六月廿八日，（陰歷五月廿八），星期五，晴熱。

午前寫了五六百字，完結了那一篇爲杭州旬刊所作的文章，共二千字。

因事出去，回來的途中，買蕭季公輯歷代名賢手扎一部，印得極精。爲清代禁書。

午後讀任公飲冰室詩話，殊不佳。

晚上大雨，蚊子多極，有鄉下來客攪擾，終夜睡不安穩。

六月廿九日，(陰歷五月廿九)星期六，陰悶

晨六點半起床，開始寫自傳，大約明後日可以寫完寄出，這一次約有四千字好寫。

終日雨，午後，鄰地之居戶出屋，將門鎖上，從今後又多了一累，總算有一塊地了。

晚上睡了，忽又有友人來，坐談到夜半。

六月三十日，(陰歷五月底)，星期日，終日雨。

晨起已將九點，出去上吳山看大水；錢塘江兩岸，都成澤國了，可傷可痛。中午囘來後，心殊不寧靜，又見了一位友人的未亡妻，更爲之哀痛，苦無能力救拔她一下。

二時後，趙龍文氏夫婦來，與談天喝酒玩到旁晚；出去同吃夜飯，直至十點方囘，雨尙未歇。自明日起，生活當更緊張一點，因這幾天來，要

寫的東西，都還沒有寫成。

七月一日，(陰曆六月初一)，星期一，陰雨終日。午前寫自傳，成千字，當於明日寫了牠。午後略晴，有客來訪，與談至旁晚，共赴湖濱飲；十一時囘寫，雨仍不止也。不在中，又有同鄉數人冒雨來過。

七月二日，(六月初二)，星期二，晴。久雨之後，見太陽如見故人；就和兒子飛坐火車上閘口去看大水，十二時返家。

午後小睡，又有友人來談，直至夜深散去。

七月三日，(六月初三)，星期三，晴，悶。大約今晚仍會下雨，唯午前略見日光，各地報水災之函電，已迭見，想今年浙省，又將變作凶年。

晨起，有友人來，屬爲寫介紹信一封，書上題辭一首。中午有人約去吃飯，飯後在家小睡；三時又有約須去放鶴亭喝茶，坐到旁晚；在羣英小吃店吃晚飯，更去戴宅閒談到中夜纔囘。

七月四日，（六月初四日），晴和，星期四，以後似可長晴。

晨起讀曲利紐斯荒原叢莽一篇，原名 Im Heide-Kraut 原作者 Trinius於一八五一年生於德國 Schkeuditz ，為拖林幹一帶的描寫專家，文具詩意，當於明天譯出寄給譯文。按自上海囘後，十餘日中，一事不作，頗覺可惜；自明日起，又須拚命趕作稿子，纔得過去。為開渠題了一張畫，二十八字，錄出如下：

扁舟來往洋波裏，家住桐州九里深，

曾與嚴光留密約，魚多應共醉花陰。

中午又買航空獎券一條，實在近來真窮不過了，事後想起，自家也覺可笑。

晚上去湖濱納涼，人極多，走到十二點鐘囘來。

七月五日，(六月初五)，星期五，陰，時有細雨。

早晨發北新李小峯信一封，以快信寄出，約於本月十日去上海取款。午睡醒後，譯荒原叢莽到夜，不成一字，只重讀了一遍而已，譯書之難，到動手時方覺得也。薄暮秋原來，與共飲湖濱，買越南志士阮鼎南南枝集一部，只上中下三卷，詩都可誦。

晚上涼冷如秋，今年夏天，怕將遲熱，大約桂花蒸時，總將熱得比伏天更甚。

生活不安定之至，心神靜不下來，所以長久無執筆的興致了，以後當勉強地恢復昔年的毅力。

七月六日，(六月初六)，星期六，晴。

午前為鄰地戶執等事出去，間了一個空；回來的路上，買郎仁寶七修類藁一部，共五十一卷加續稿七卷，二十冊。書中雖也有錯誤之處，但隨筆書能成此鉅觀，作者所費心力，當亦不少。寄園所寄之作，想係模仿此稿者，也是類書中之一格。

今日譯荒原叢莽二千字，不能譯下去了，只能中止，另行開始改正全集的工作；這工作必須於三四日內弄牠完畢，方能去上海。

自七日起，至十日止，將全集中之短篇三十二篇改編了一次，重訂成達夫短篇集一册，可二十萬字。

十日攜稿去上海，十一日遇到了振鐸，關於下學期暨大教授之課程計劃等，略談了一談。下午回杭，天氣熱極。

自十二日起，至十四日止；天候酷熱，什麼事情也不能做，祇躉臥在陰處喘息。

七月十五日，（舊歷六月十五日），星期一，晴。

昨晚西北風驟至，十點半下了十五分鐘大雨，熱氣稍殺，今晨覺清涼矣。讀關於小泉八雲的書，打算做一篇散文。

午後仍熱，旁晚復大雨；出去了一趟，買删訂唐仲言唐詩解一部，係罕見之書，乃原版初印者。

晚上早睡，因天涼也。

七月十六日，（六月十六）星期二，晴。

晨五時起床，上城隍山登高，清氣襲人；在汪王廟後之嶺脊遙看東面黃鶴峯皋亭山一帶，景尤偉大。

午後小睡，起來後看唐詩解，得詩一絕，係贈姜氏者：難得多情范致能，愛才賢譽滿吳興，秋來十里松陵路，紅葉丹楓樹幾層。

七月十七日，（六月十七日）星期三，晴。

昨晚又有微雨，今晨仍熱。寫詩三首，寄東南日報，一首係步韻者：叔世天難問，危邦德竟孤，臨風思猛士，借酒作清娛：白眼樽前露，青春夢裏呼，中年聊落意，累贅此微軀，題名中年次陸竹天氏韻。

午後讀寄園寄所寄，見卷四撚鬚寄詩話（五十四頁）中有一條，述雲間唐汝詢，字仲言事，出列朝詩集；蓋卽我前日所買唐詩解之作者。仲言五歲卽瞽，學問都由口授，而博極一時，陳眉公常稱道之，謂爲異人。

七月二十七日，（六月廿七），星期六，晴，熱極。

近日來，天氣連日熱，頭昏腦漲，什樣事情也不能做。唯剖食井底西瓜，與午睡二三小時的兩件事情，還強人意。旁晚接語堂自天目禪源寺來書，謂山上涼爽如秋，且能食肉，與夫人小孩擬住至八月底囘上海，問我亦願意去否。戲成一絕，欲寄而未果。

遠得林公一紙書，爲言淸絕愛山居，

禪房亦有周何累：結習從知不易除，

秋霖日記

一九三五年九月，在杭州

九月一日（舊曆八月初四）星期日，雨。

昨晚十二點後返寓，入睡已將午前二點鐘，今晨六時爲貓催醒，睡眠未足也。

窗外秋雨滴瀝，大有搖落之感，自傷遲暮，倍增淒楚。統計本月內不得不寫之稿，有文學一篇，譯文一篇，現代一篇，時事新報一篇。共五家，要有十萬字纔應付得了，而宇宙風，論語等的投稿還不算在內。平均每日若能寫五千字，二十天內就不能有一刻閑了；但一日五千字，亦談何容易呢？

今天精神萎靡，只爲時事新報寫了一篇短雜文，不滿千字，而人已疲倦，且看明日如何耳。

午後來客不斷，共來八人之多：旁晚相約過湖濱，在天香樓吃夜飯。

九月二日(八月初五)星期一，陰雨終日。

今天開始寫作，因文學限期已到，不得不於三四日內交稿子。午前成千字，午後成千字，初日成績如此，也還算不惡。晚上爲謝六逸氏寫短文一篇。

接沈從文，王余杞，李輝英，謝六逸諸人來信，當於一兩日內作覆。沈信係來催稿子，爲大公報文藝副刊國聞週報的。

九月三日(八月初六)星期二，陰，時有微雨。

晨八時起床，即送霞至車站，伊去滬，須一兩日後返杭也。回來後，接上海丁氏信，即以快信覆之。

今日精神不好，恐不能寫作，且看下半天小睡後起來何如耳。

午前記

法國 Henri Barbusse 前幾日在俄國死去，享年六十二歲，患的爲肺炎。西歐文壇，又少了一名鬥士，寂寞的情懷，影響到了我的作業：自接此報後，黯然神傷，有半日不能執筆。

旁晚秋原來，與共談此事，遂偕去湖上，痛飲至九點回寓。晚上仍不能安睡，蚊子多而悶熱之故。

九月四日(八月初七)星期三，陰雨潮濕。

午前硬將小說寫下去，成千餘字。因心中在盼望霞的回杭，所以不能坦然執筆。

中午小睡，大雨後，向晚倒晴了。夜膳前，劉湘女來談。七時半的火車，霞回來了，曾去火車站接着。

晚上十一點上床睡，明日須趕做一天小說，總須寫到五千字纔得能手。因後天上海有人來，要去應酬，若這兩三天內不結束這中篇，恐趕不上交出，文學將缺少兩萬餘字的稿子。

九月五日，(八月初八)，星期四，陰，仍有雨意。

昨晚仍睡不安全，所以今天又覺得神致不清，小說寫得出寫不出，恐成問題，但總當強勉的寫上一點。

早餐後，出去剃了一箇頭，又費去了我許多時間，午前終於因此而虛度了，且待下午小睡後再說。

自傳也想結束了牠，大約當以寫至高等學校生活末期爲止，『沈淪』的出世，或須順便一提。

午前記

晚上，過湖濱，訪友二三人，終日不曾執筆。夜九至十時，有防空演習，燈火暗一小時，眞像是小孩兒戲，並不足觀，飛機只兩架而已。

九月六日，(八月初九)，星期五，晴。

今日似已晴正，有秋晴的樣子了，午前午後，拚命的想寫，但不成一字。堆在樓下的舊書，潮損了，總算略曬了一曬。晚上劉開渠來，請去吃飯，幷上大世界點了女校書的戲，玩到了十二點纔囘來，曾請掛第一牌的那位女校書吃了一次點心。囘家睡下，已將一點鐘了。

九月七日，（八月初十），星期六，晴。

昨晚又睡不安穩，似患了神經衰弱，今日勉強執筆，午前成二千字。午後學生丁女士來訪，贈送八月半禮品衣料多件，我以張黑女誌兩拓本囘贈了她。晚上在太和園吃飯，曾談到上旅順日本去遊歷的事情。此計若能實現，小說材料當不愁沒有。十二時囘寓就寢。

九月八日，（八月十一），星期日，晴。

午前寫了千餘字，午後因有客來，一字不寫。這一篇中篇，成績恐將大壞，因天熱蚊子多，寫的時候無一貫的餘裕也。

晚上月明，十時後去湖上，飲酒一斤。

九月九日，(八月十二)，星期一，晴，熱極。

今日晨起，有九十度的熱度，光景將大熱幾天。今晚又有約，丁小姐須來，午後恐又不能寫作。午前寫成兩千餘字，已約有一萬字的稿子了，明天一日，當寫完寄出。

晚上月明，數日來風寒內伏，今天始外發，身體倦極。

九月十日，(八月十三)，星期二，晴。

寫至中午，將中篇前半寫了，卽以快信寄出，共祇萬三四千字而已，實在還算不得中篇，以後當看續篇能否寫出。

丁小姐去上海，中午與共飲於天香樓，兩點正送她上車，囘來後小睡。晚上月明如晝，在大同吃夜飯。

九月十一日，(八月十四)，星期三，晴。

近日因傷風故，頭痛人倦，鼻子塞住；看書寫作，都無興致，當閑遊一二日，再寫『出奔』，或可給施蟄存去發表。

九月十二日，（舊歷中秋節），星期四，晴，午後大雨。

午前倘熱至九十餘度，中午忽起東北風，大雨入夜，須換穿綿襖。約開渠葉公等來吃晚飯，吃完鷄一隻，肉數碗，亦可謂豪矣。今日接上海寄來之宇宙風第一期。

晚上無月，在江干訪詩僧，與共飲於鄰近人家，酒後成詩一首。

九月十三日，（八月十六），星期五，陰雨。

晨起寒甚，讀德國小說冷酷的心，係 Hauff 作。乃敍 Swaben 之 Schwarz-wald 地方的人物性格的一篇文藝童話。有暇，很想來譯牠成中文。

上午上湖濱去走走，買甌北詩話等書數册，趙甌北在淸初推崇敬業堂查愼行，而不重漁洋，自是一種見地。詩話中所引查初白近體詩句，實在可愛。

午後又不曾睡，因有客來談。

九月十四日，（八月十七），星期六，晴。

昧爽月明，三時起床，獨步至吳山頂看曉月，淸氣襲人，似在夢中。中午有友人來談，與共飲至三時；寫對五副，屛條兩張，坑屛一堂。晚上洵美自上海來訪，約共去黃山，謝而不去。幷聞文伯適之等，亦在杭州。

九月十五日，（陰曆八月十八），星期日，陰。

本與爾喬氏有去赭山看浙潮之約，天氣不佳，今年當作罷矣。洵美等今日去黃山，須五日後囘來也。

寫上海信數封，成短文一篇，寄時事新報。

中午曼兄等自上海來，送之江干上船，我們將於四日後去富陽，爲母親拜七十生辰也。

九月十六日，（八月十九），星期一，大雨。

終日不出，在家續寫那篇中篇出奔，這小說，大約須於富陽囘來後纔寫得了。近來頓覺衰老，不努力，不能做出好作品來的原因，大半在於身體的壞。戒酒戒烟，怕是於身體有益的初階，以後當勉行之。

晚上讀時流雜誌之類，頗感到沒落的悲哀，以後當更振作一點，以求挽回頹勢。

九月十七日，（陰歷八月二十日），星期二，晴。

昨晚興奮得很，致失眠半夜，今晨八時前起床，頭還有點昏昏然。作陶亢德，朱曼華信。

中秋夜醉吟之七律一首，尙隱約記得，錄出之。

中秋無月，風緊天寒，訪詩僧元禮與共飮於江干醉後成詩，仍步曼兄牯嶺逭暑酌。

兩度乘閑訪貫休，前逢春盡後中秋，偶來邃閣如泥飮，便解貂裘作質留。吳地寒風嘶朔馬（僧關外人也，）庾家明月淡南樓，東坡水調從頭唱，醉筆題詩記此遊。

曼兄原作乙亥中伏逭暑牯嶺

人世炎威苦未休，此間蕭爽已如秋，時賢幾輩同憂樂，小住隨緣任去留，白日寒生陰壑雨，青林雲斷隔山樓，勒移那計嘲塵俗，且作偸閑十日遊。

二疊韻一律，亦附載於此：

海上候曼兄不至，回杭後得牯嶺逭暑來詩，步原韻奉答，并約於重九日，同去富陽。

語不驚人死不休，杜陵詩只解悲秋，朅來夔府三年住，未及彭城百日留，爲戀湖山傷小別，正愁風雨暗高樓，重陽好作茱萸會，花蕚江邊一夜遊。

九月十八日，(八月廿一)，星期三，晴。

晨起覺不適，因輟工獨步至吳山絕頂，看流雲白日。中午回寓，接上海來催稿信數封；中有蟄存一函，係屬爲珍本叢書題簽者，寫好寄出。

晚上在湖上飲，囘家時，遇王余杞於途中。卽偕至寓齋，與共談別後事，知華北又換一局面。約於明日，去同遊西湖。

九月十九日，（八月廿二），星期四，晴和。

早晨寫短文一，名『送王余杞去黃山』，可千字，寄東南日報。與余杞秋芳等在大同吃飯，飯後去溪口，繞楊梅嶺石屋嶺而至岳坟。晚上在杏花村飲。

九月二十日，（八月廿三），星期五，晴。

晨六點鐘起床，因昨日與企虞市長約定，今晨八點，將借了他的二號車去富陽拜壽也。大約住富陽兩日，二十二日坐輪船囘杭州。

中篇的續篇，尙未動筆，心裏焦急之至，而家璧及時事新報之約稿期又到了，眞不知將如何的對付。

冬餘日記

一九三五年十一月十九日，舊曆十月廿四，星期二。在杭州的官場衖。

場官衖，大約要變成我的永住之地了，因爲一所避風雨的茅廬，剛在蓋屋棟；不出兩月，油漆乾後，是要搬進去定住的。住屋三間，書室兩間，地雖則小，房屋雖則簡陋到了萬分，但一經自己所占有，就也覺得分外的可愛；實在東挪西借，在這一年之中，爲買地買磚，買石買木，而費去的心血，眞正可觀。今年下半年的工作全無，一半也因爲要造這屋的緣故。

現在好了，造也造得差不多了，應該付的錢，也付到了百分之七八十，大約明年三月，總可以如願地遷入自己的屋裏去居住。所最關心的，就是因造這屋而負在身上的那一筆大債。雖則利息可以不出，而償還的期限，也可以隨我，但要想還出這四千塊錢的大債，却非得同巴爾札克或司考得一樣，日夜的來作苦工不可。人是不喜歡平穩度日的動物，我的要造此屋，弄得自己精疲力竭，原因大約也就在此。自尋煩惱，再從煩惱裏取一點點慰安，人的一生便如此地過去了。

今年杭州天氣遲熟，一星期前，還是蚊蠅滿屋，像秋天的樣子；一陣雨過，從長江北岸吹來了幾日北風，今天已經變成了冬日愛人，天高氣爽的正冬的晴日；若不趁此好天氣多讀一點書，多寫一點稿子，今年年底下怕又要鬧米荒；實際上因金融的變故，米價已經漲上了兩三元一石了。

預定在這幾日裏要寫的稿子，是東方雜誌一篇，旅行雜誌一篇，文學一篇，宇宙風一篇，王二南先生傳一篇，幷達夫散文集序與編輯後記各一篇。到本月月底爲止的工作，早就排得緊緊貼貼，只希望都能夠如預計劃般地做下去就好了。另外像良友的書，像光明書局的書，像文學社出一中篇叢書的書等，只能等下月裏再來執筆，現在實在有點忙不過來了，我也還得稍稍顧全一點身體。昨晚上看書到了十點，將Jakob ChristophHeer的一部自傳體的小說TobiasHeider讀完，今天起來，就有點覺得頭痛。身體不健，實在什麼事情也做不好，我若要寫我畢生的大作，也還須先從修養身體上入手。J. C.Heer係瑞士的德文著作家，於一八五九年生於Toess bei Winterthur，今年若還活着，他總該有七十多歲了(他的生死我也不明)；要有他那樣的精力，纔能從一小學教師進而爲舉世聞名的大文學家，我們中國人在體力上就覺得不能和西洋人來對比。

天氣實在晴爽得可愛，長空裏有飛機的振翼在響；近旁造房屋的地方，木工的鋸物敲釘的聲響，也聽得清清楚楚；像這樣一箇和平的冬日清晨，誰又想得到北五省在謀獨立，日兵在山海關整軍，而各闊人又都在向外國的大銀行裏存他們的幾萬萬的私款呢！

午前九時記

午前寫了五百字的王二南先生傳，正打算續寫下去，却接到了一箇電話，說友人某，夫婦在爭吵，屬去勸勸；因就丟下筆桿，和他們夫婦跑了半天，并在淨慈寺吃晚飯。

參拜永明塔院時，并看見了舜瞿孝禪師之塔，事見淨寺志卷十二第三十七頁，附有毛奇齡塔銘一，師生於明天啟五年，卒於清康熙三十九年，世壽七十六，僧臘五十四。同時更尋北礀禪師塔，不見：北礀禪師記事，見寺志卷八敬叟居簡條，爲日本建長寺開山祖常照國師之師。常照國師有年表一，爲日本單式印刷株式會社所印行，附有揭曼碩塔銘。聞日人之來參拜淨寺者，每欲尋北礀之塔，而寺僧只領至方丈後之元如淨塔下，按元淨字無象，係北宋時人，見寺志卷八，當非北礀。

十一月二十日，（十月廿五），星期三，晴爽。

終日寫二南先生傳　但成績很少，尚須努力一番，纔寫得了。

× × × ×

十一月二十四日，（陰歷十月廿九），星期日，陰晴。

時有微雨，又弛懈了三四日，執筆的興致中斷了。中午去葛蔭山莊吃喜酒，下午爲友人事忙了半天。旁晚，時代公司有人來催稿，係坐索者，答應於明日寫二千字。

玉皇山在杭州（時代）

江南的冬天（文學）

志摩全集序（宇宙風）

這三篇文字，打算於廿六以前寫了牠們。

二十五日，（十月三十），星期一，陰晴。

早晨寫『玉皇山在杭州』一篇，成二千字，可以塞責了，明天當更寫文學，宇宙風的稿子：大約廿七日可以寫畢，自廿七至下月初二三，當清理一册達夫散文集出來。

二十六日，（十一月初一），星期二，晴和。

作追懷志摩一篇，係應小曼之要求而寫的，寫到午後因有客來擱起。晚上在大同吃夜飯，同席者有宋女士等，又在爲開渠作介紹人也。

二十七日，（十一月初二），星期三，陰。

午前將那追懷志摩的東西寫好寄出，并發小曼等信。午後又繼續有人來訪，并爲建造事不得不東西跑着，所以坐不下來：今年下半年的寫作成績，完全爲這風雨茅廬的建築弄壞了。

旁晚有人約去湖濱吃晚飯，辭不往。十時上床後，又有人來敲門，謂係葉氏，告以已入睡，便去，是一女人聲。

二十八日，（十一月初三），星期四，微雨。

夜來雨，今晨仍繼續在落，大約又須下幾日矣。今天爲我四十生日，回想起十年前此日在廣州，十四五年前此日在北京，以之與今日一比，只覺得一年不如一年。人生四十無聞，是亦不足畏矣，孔子確是一位有經驗的哲人。我前日有和趙龍文氏詩兩首：

卜築東門事偶然，種瓜敢詠應龍篇？
但求飯飽牛衣暖，苟活人間再十年。
昨日東周今日秦，池魚那復辨庚辛？
門前幾點冬青樹，便算桃源洞裏春。

倒好做我的四十言志詩看。趙氏寫在扇面上贈我的詩爲：

風虎雲龍也偶然，欺人青史話連篇，
中原代有英雄出，各苦生民數十年。
佳釀名姝不帝秦，信陵心事總酸辛，
閒情萬種安排盡，不上蓬萊上富春。

第一首乃錄于右任氏之詩，而第二首爲趙自己之作。

今天爲杭市防空演習之第一天，路上時時斷絕交通：長街化作冷巷百姓如喪考妣。晚上燈火管制，斷電數小時；而湖濱，城站各搭有草屋數間，於演習時令人燒化，眞應了只許州官放火，不准百姓點燈之古諺。

終日閉門思過，不作一事，只寫了一封簡信給寧波作者協會，謝寄贈之刊物『大地』：封面兩字，係前星期由陳伯昂來邀我題署者。

二十九日，（十一月初四），星期五，雨。

昨天過了一箇寂寞的生辰，今天又不得不趕做幾篇已經答應人家的劣作。北平天津濟南等處，各有日本軍隊進佔，看起來似乎不得不宣戰了，但軍事委員會只有了一篇告民衆宣言的準備。

記得前月有一日曾從萬松嶺走至鳳山門，成口號詩一首：

五百年間帝業微，錢唐潮不上漁磯，
興亡自古緣人事，莫信天山乳鳳飛。

自萬松嶺至鳳山門懷古有作。

此景此情，可以移贈現在當局的諸公。家國淪亡，小民之食，我下半年更
不知將如何卒歲；引領西望，更爲老母擔憂，因伊風燭殘年，急盼我這沒
出息的幼子能自成立也。

今日爲防空演習之第二，路上斷絕交通如故，唯軍警多了幾箇，大
約是借此來報銷演習費用的無疑。

午後因事出去，也算是爲公家盡了一點力。下午劉開渠來，將午前
的文章擱下，這篇『江南的冬景』（爲文學）大約要於明日纔得寫完寄
出。

晚上燈火管制，八點上床。

三十日，（十一月初五），星期六，雨。

今晨一早卽醒，因昨晚入睡早也，覺頭腦清晰，爲續寫那篇文學的散
文，『江南的冬景』，寫至午後寫畢，成兩千餘字。截至今日止，所欠之
文債，已約略還了一箇段落，唯東方雜誌與旅行雜誌之徵文，無法應付，

只能從缺了。

昨日申報月刊又有信來，屬爲寫一篇『山水及自然景物的欣賞』，約三四千字，要於十二月十日以前交稿，已經答應了，大約當於去上海之先寫了牠。

午後來客有陸竹天，郭先生等，與談到夜。晚上黃二明氏請客，湯餅筵也，在鏡湖廳：黃夫人名楚嫣，廣東南海縣人。

十二月一日，（陰歷十一月初六），星期日。雨停，但未晴。

午前繼續寫王二南先生傳，若能於午後寫好，尙趕得及排，否則須缺一期了。

午前九時記

午後有日本人增井經夫兩夫婦自上海來訪，即約在座之趙龍文夫婦錢潮夫婦去天香樓吃晚飯，同時幷約日本駐杭松村領事夫婦來同席；飲酒盡數斤，吃得大飽大醉。松村約我們於下星期一，去日本領事館晚餐。

二日，（十一月初七），星期一，晴。

午前將王二南先生傳寫畢，前後有五千多字，當可編入新出的散文集裏。午後又上吳山，獨對斜陽喝了許多酒。

晚上杭州絲綢業同人約去大同喝酒，鬧到了十點鐘回來；明日須加緊工作，趕編散文集也。

三日，（十一月初八），星期二，晴爽。

午前將散文集稿子撕集了一下，大約有十四萬字好集。當於這兩三日內看了牠。

午後接北新書局信，知該書局營業不佳，版稅將絕矣，當謀所以抵制之方。半日不快，就爲此事；今後的生計，自然成大問題。

四日，（十一月初九），星期三，陰，有雨意。

午前中止看散文稿，只寫了一篇『山水及自然景物的欣賞』頭半篇，大約當於明日寫了也。晚上寒雨，夾有雪珠，杭市降雪珠，這是第二次了，但天氣也不甚冷。

五日，（十一月初十），星期四，晴。

早晨坐八點十五分車去上海，大約須於禮拜六回來也。申報月刊的文字一篇，親自帶去。

午後二時到後，就忙了半天，將欲做的事情做了一半；大約禮拜六必能回杭州去。

六日，（十一月十一），星期五，晴。

在上海，早晨七時起床。先去買了物事，後等洵美來談，共在陶樂春吃飯，飯後陪項美麗小姐去她的寓居，到晚纔出來。上『天下』編輯部，見增嘏源寧等，同去吃晚飯。飯後上丁家，候了好久，他們沒有回來，留一刺而別。回寓已將十二點鐘了。

七日，（十一月十二），星期六，晴。

晨七點起床，訪家璧，訪魯迅，中午在傅東華處吃午飯，午後曾訪胞兄於新衙門，坐三點一十五分火車囘杭州。七時半到寓。檢點買來各書，並無損失，有一册英譯 Marlitt 小說，名 A Bravo Woman 係原著名 Die Zweite Frau 之譯本。此女作家在德國亦係當時中堅分子，有空當把她的小說譯一點出來。她的傳記，評述之類，我是有的。天很熱。

八日，（十一月十三），星期日，陰，有微雨。

午前寫信數封，一致南京潘孚襄，一致上海丁氏，一致良友趙家璧。午後有客來，應酬無片刻暇。晚上冒雨去旗下，結束兩件小事；自明日起，又須一意寫東西了。

閩游日記

一九三六年二月，在福州。

二月二日，星期日，大約係舊歷正月初十，天氣晴爽；侵晨六時起床，因昨晚和霞意見不合，通宵未睡也。事件的經過是如此的，前月十五日——已逼近廢歷年底了——福州陳主席公洽來函相招，謂若有閩遊之意，無任歡迎。但當時因羅祕書貢華戴先生及錢主任大鈞（慕尹）等隨委員長來杭，與周旋談飲，無一日空，所以暫時把此事擱起。至年底，委員長返京，始匆匆作一陳公覆函，約於過舊歷年後南行；可以多看一點山水，多做一點文章。舊歷新年，習俗難除，一日挨一日的過去，覺到了前晚；

因約定的稿子，都爲酬應所誤，交不出去，所以霞急勸我行，并欲親送至上海押我上船；我則夷猶未決，并也不主張霞之送我，因世亂年荒，能多省一錢，當以省一錢爲得。爲此兩人意見衝突，你一言，我一語，鬧吵竟到了天亮。

旣經起了早，又覺得夫婦口角，不宜久持過去，所以到了八點鐘就動身跳上了滬杭火車；霞送我上車時，兩人氣還沒有平復。直到午後一點多鐘在上海趕上了三北公司的靖安輪船，駛出吳淞口，改向了南行之後，方生後悔，覺得不該和她多鬧這一番的。

晚上風平浪靜，海上月華流照；上甲板去獨步的時候，又殷殷想起了家，想起了十餘小時不見的她。

二月三日，星期一，晴和如舊歷三月，已經是南國的春天了。海上風平，一似長江無波浪時的行程；食量大增，且因遇見了同艙同鄉的張君銘（號滌如，係鄉前輩暄初先生之子），談得起勁，把船行的遲步都忘記在腦後。晚上月更明，風更小，旅心更覺寬慰。

二月四日，星期二，晴暖。船本應於今晨九時到南台，但因機件出事，這一次走得特別的慢，到了午後一點，方停泊於馬尾江中；這時潮落，西北風又緊，南台不能去了，不得已，只好在馬江下船。幸張君為雇汽船，叫汽車，跑到晚上五點多鐘，方在南台青年會的這間面對閩江的四層高樓上住定。去大廳吃了晚飯，在濆浴管下洗了一個澡，就去打電報，告訴霞已到福州，路上平安，現住在此間樓上。

十一點過，從小睡後醒轉，想東想西，覺得怎麼也睡不着。一面在窗外的洛陽橋——不知是否——上，龍燈鼓樂，也打來打去地打得很起勁；而溪聲如瀑，月色如銀，前途的命運如今天午後上岸時浪裏的汽油船，大約總也是使我難以入睡的幾重原因。重挑燈起來記日記，寫信，預算明日的行動，現在已經到了午前三點鐘了。上燈節前夜的月亮，也漸漸躲入了雲層，長橋上汽車聲響，野狗還在狂吠。

再入睡似乎有點不可能的樣子，索性把明天——不對不對，應該說是今天——的行動節目開一開罷！

早上應該把兩天來的報看一看。

十點左右，去省政府看陳主席。

買洗面盆，肥皂盒，漱口碗，紙筆硯瓦墨以及皇歷一本。

打聽幾箇同學和熟人在福州的住址，譯德國湯夢斯曼的短篇小說三張；這些事情，若一點兒也不遺忘地做得了，那今天的一天，就算不白活。還有一封給霞的航空快信，可也須不忘記發出纔好。

二月五日，星期三，（該是舊歷的正月十三上燈節了），陰晴不見天日，聽老住福州的人說，這種天氣，似乎在福州很多，這兩月來，晴天就只有昨天的一日。

昨晚至午前四時方合了一合眼，今天七點半起床。上面所開的節目，差不多件件做了；唯陳主席處因有外賓在談天，所以沒有進見，約好於明日午前九時再去跑一趟。

買了些關於福州及福建的地圖册籍，地勢明白了一點；昨天所記的洛陽橋，實係萬壽橋，俗稱大橋者是；過此橋而南，爲倉前山，係有產者及外人住宅區域，英領署在樂羣樓山，美日法領署在大湖，都聚在這一塊倉前山上，地方倒也清潔得很。

午後，同學鄭心南來電話，約於六時來訪，同去吃飯，當能打聽到許多消息。

今晚擬早睡，預備明天一早起來。

二月六日，星期四，（舊歷正月十四），晴和。

昨晚同學鄭心南廳長約在宣政路（雙門前）聚春園吃飯，竟喝醉了酒；因數日來沒有和紹酒接近，一見便起貪心的緣故。

夜來寒雨，晨起晴，爽朗的感覺，沁入肺腑，但雙鼻緊塞，似已於昨晚醉後傷了風；以後擬戒去例酒，好把頭腦保得清醒一點。

九時晉見主席陳公，暢談移時，言下幷欲以經濟設計事相託，謂將委爲省府參議，月薪三百元，我其爲蠻府參軍乎？出省府後，去閩侯縣謁同學陳世鴻，坐至中午，辭出。在大街上買紫桃軒雜綴一部，詞苑叢談之連史紙印者一部，都係因版子淸晰可愛，重買之書。

午膳後登石山絕頂，俯瞰福州全市，及洪塘近處的水流山勢，覺得福建省會，山水也着實不惡，比杭州似更偉大一點。

今天因爲本埠福建民報上，有了我到閩的記載；半日之中，不識之客，共來了三十九人之多。自午後三點鐘起，接見來客，到夜半十二時止，連洗臉洗澡的工夫都沒有。

發霞的快信，告以陳公欲留我在閩久居之意。

二月七日，星期五，（正月半，元宵），陰雨。

昨天晴了一天，今天又下雨了。午前接委任狀，即去省府到差，總算是正式做了福建省政府的參議了；不知以後的行止究竟如何。作霞的平信一，告以一月後的經濟支配。自省府出來，更在府西的一條長街上走了半天，看了幾家舊書舖，買了四十元左右的書。所買書中，以一部百名家詩鈔，及一部知新錄（勿剪王棠氏編）爲最得意。走過宮巷，見毗連的大宅，都是鐘鳴鼎食之家，像林文忠公的林氏，鄭氏，劉氏，沈葆楨家的沈氏，都住在這裏，兩旁進士之匾額，多如市上招牌，大約也是風水好的緣故。

中午，遇自教育部派來，已在兩湖兩廣視察過的部評議專員楊金甫氏。老友之相遇，往往在不意之處，亦奇事也。

旁晚在百合浴溫泉，即在那裏吃晚飯；飯後上街去走到了南門；因是元宵，福州的閨閣佳麗，都出來了，眼福倒也不淺。不在中，杜承榮及南方日報編者閔佛九兩氏曾來訪我，明日當去回看他們。

二月八日，星期六，（舊歷正月十六），陰晴，時有微雨。

午前九時出去，回看了許多人，買書又三四十元；中有明代閩中十子詩鈔一部，倒是好著。

中午在西湖吃飯。福州西湖，規模雖小，但疏散之致，亦楚楚可憐，缺點在西北面各小山上的沒有森林，改日當向建設廳去說說。

下午接李書農氏自泉州來電，約我去泉州及廈門等處一遊，作覆信一。

晚上在教育廳的科學館吃晚飯，飲到微醉，復去看福州戲。囘寓已將十二點鐘，醉還未醒。

二月九日，（舊歷正月十七），星期日，時有微雨。

與鄭心南陳世鴻楊振聲劉參議等遊鼓山，喝水洞一帶風景的確不壞，以後有暇，當去山上住牠幾天。

早晨十時出發，在湧泉寺吃午飯，晚上囘城，已將五點，晚飯是劉參議作的東。

明日當在家候陳君送錢來；因帶來的路費，買書買盡了，不借這一筆款，恐將維持不到家裏匯錢來的日子。

二月十日，（正月十八），星期一，陰晴。

午前起床後，即至南後街，買賞雨茅屋詩集一部幷外集一册；曾賓谷雖非大作手，然而出口風雅，時有好句。與邵武張亨甫的一段勃谿，實在是張的氣量大小，致演成婦女子似的反目，非賓老之罪。此外的書，有閩縣林穎叔黃鵠山人詩鈔，郭柏蒼閩產錄異，雁門集編注等，都比上海爲廉。

十時返寓，接見此間日人所辦漢文閩報社長松永榮氏，謂中村總領事亦欲和我一談，問明日晚間亦有空否。告以明晚已有先約，就決定於後日晚上相看，作介者且讓老同學閩侯縣長陳世鴻氏効其勞，敍飲處在聚春園。

中午飲於南台之嘉賓酒樓，此處中西餐均佳，係省城一有名飲食店；左右都是妓樓，情形與上海四馬路三馬路之類的地方相像。大嚼至四時散席，東道主英華學校陳主任，并約於明日在倉前山南華女子文理學院及鶴齡英華學校參觀，參觀後當由英華學校校長陳芝美氏設宴招飲。

訪陳世鴻氏于閩侯縣署，略談日領約一會晤事，五時頃返寓。

晚上由青年會王總幹事招待，仍在嘉賓飲。

二月十一日，（正月十九），星期二，陰晴。

昨晚睡後，尚有人來，談至十二點方去；幾日來睡眠不足，會客多至百人以上，頭腦昏倦，身體也覺得有點支持不住。

侵晨早起，即去南後街看舊書，又買了一部董天工典齋氏編之武夷山志，一部郭柏蒼氏之竹間十日話，同氏著中老提起之竹窗夜話，不可得也。

回至寓中，陳雲章主任已在鵠候；就一同上倉前山，先由王校長導看華南文理學院，清潔完美，頗具有閨秀學校之特處。復由陳校長導看英華中學，亦整齊潔淨，而尤以生物標本福建鳥類之收集爲鉅觀。中午在陳校長家午膳，席間見魏女士及其令尊，也係住在倉前山上者。

午後去參觀省立第四小學，小學兒童國語講演競賽會，及惠兒院；走馬看花，都覺得很滿足，不過一時接受了許多印象，腦子裏有點覺得食傷。

晚上在田墩楊文疇氏家吃晚飯，係萬國聯青會之例會，屬於飯後作一次講演者，暢談至十一點始返寓；在席上曾遇見沈紹安蘭記漆器店主沈幼蘭氏，城南醫院院長林伯輝氏及電氣公司的曾氏等。

今日始接杭州霞寄來之航空信一件，謂前此曾有掛號匯款信寄出，大約明晨可到也。

二月十二日，（舊曆正月二日），星期三，陰晴。

午前八時起床，昨晚楊振聲氏已起行，以後當可靜下來做點事情了。

洗漱後，即整理書籍，預備把良友的那册閑書在月底之前編好；更爲開明寫一近萬字之小說，宇宙風寫短文兩則，共七千字。

接霞七日所發之掛號信及附件，比九日所發之航空信還遲到了一日。將雨日日記補記完後，卽開始作覆書，計邵洵美氏陶亢德氏趙家璧氏，各發快信一，寄霞航空信一，各信都於十二點前寄出。午後復去南後街一帶閑步，想買一部類腋來翻翻，但找不出善本。

晚上在聚春園飲，席上遇見日總領事中村豐一氏，駐閩陸軍武官眞方勳氏，及大阪商船會社福州分社長竹下二七氏及林天民氏鄭貞文氏等，飲至大醉。又上閩報社長松永榮氏家喝了許多啤酒，回寓時在十二點後了。

二月十三日，（舊歷正月廿一），星期四，晴爽。

昨晚接洵美來電，堅囑担任論語編輯，幷約於二十日前寫一篇編者言寄去，當作航空覆信一答應了他。十時前去福建學院，參觀烏山圖書館，借到福建通志一部。中午去洪山橋，在義心樓午膳。飯後復坐小舟，去洪塘鄉之金山塔下，此段閩江風景好極，大有富春江上游之概。又途中過淮安鄉，江邊有三老祖廟，山頭風景亦佳，淮安鷄犬，都是神仙，可以移贈給此處之畜類也。遊至旁晚，由洪山橋改乘汽油船至大橋，在青年會飯廳吃晚飯。入睡前，翻閱閩中物產志之類的書，十二時上床。

二月十四日，（正月廿二），星期五，陰，微雨。

午前有人來訪，與談到十點多鐘，發雨農戴先生書，謝伊又送貴妃酒來也。

陳世鴻氏約於今晚再去鼓山一宿，已答應同去，大約非於明天早晨下山不可，因明天午後三時，須在青年會演講之故。

午後欲作編者言一篇以航空信寄出，但因中午有人來約吃飯，不果；大約要於明日晚上寫了。

二月十五日（正月廿三），星期六，晴和如春三月。

昨晚乘山輿上鼓山，回視城中燈火歷歷，頗作遙思，因成俚語數句以記此遊：我住大橋頭，窗對湧泉寺，日夕望遙峯，苦乏雙飛翅，夜興發遊山，乃遂清棲志，暗雨濕衣襟，攀登足奇致，白雲拂面寒，海風松下恣，

燈火記來程，回頭看再四，久矣厭塵囂，良宵欣靜闃，借宿贊公房，一洗勞生頳。（夜借陳世鴻氏松永氏宿鼓山）

今晨三時卽起床，洗滌塵懷，拈香拜佛，一種清空之氣，盪旋肺腑。八時下山，又坐昨晚駕來之汽車返寓，因下午尙有一次講演之約，不得不舍去此淸靜佛地也。

到寓後，來訪者絡繹不絕，大約有三十餘人之多；飯後欲小睡，亦不可能。至三時　去影戲場講演中國新文學的展望；來聽的男女，約有千餘人，擠得講堂上水洩不通。講完一小時，下台後，來求寫字簽名者，又有廿四五人，應付至晚上始畢。晚飯後，又有電政局的江蘇糜文開先生來談，坐至十一點前始去。

今天一天，忙得應接不暇，十二點上床，疲累得像一堆棉花，動彈不得了。

二月十六，（正月廿四），星期日，晴暖。

七時頃，就有青青文藝社社員陳君來訪，係三山中學之學生，與談至十時。出去看小月於印花稅局，乃洵美之胞弟，在此供職者；坐至十一時，去應友人之招宴。買閩詩錄一部，錢塘張景祁之擘雅堂詩一部；張爲杭州人，遊宦閩中，似卽在此間住下者，當係光緒二十年前後之人。

飯後返寓，正欲坐下來寫信，作稿子，又有人來談了，不得已只能陪坐到晚上。

晚飯在可然亭吃的，作東者係福建學院院長黃樸心氏。黃爲廣西人，法國留學生，不知是否二明的同族者。

二日十七日，（正月廿五），星期一，晴熱。

晨起又有三山中學之青年三人來訪，爲寫條幅兩張，橫額一塊。

中午復去城內吃飯，下午作霞信，廈門青年會信，及日本改造社定書信。

二月十八日，（正月廿六），星期二，微雨時晴。

上午在看所買的福州志之類，忽有友人來訪，幷約去同看須賀武官；坐至十二點鐘，同松永氏上日本館子常盤吃午飯。酒喝醉了，出言不愼，直斥日本人侵略的不該，似於國際禮貌上不合，以後當戒絕飲酒。

傍晚，小月來約去小有天吃晚飯，飯後走至十點左右回寓。正欲從事洗滌，晉江地方法院院長同鄉書農李氏忽來謁，與談至十二點始去。

二月十九日，(正月廿七日，)星期三，陰悶。

今天精神不爽，頭昏腰痛，午前來客不斷，十二點五十五分去廣播電台播音。晚上接杭州來的航空信平信共三封，一一作答，當於明天一早，以航空信寄出。爲論語寫的一篇編輯者言，也于今天寫好，明日當一同寄出。

最奇怪的一封信，是一位河南開封的兩河中學生所發者，他名胡佑身。和我素不認識，但這次却突然來了一封很誠懇的信，說買了一條航空獎券，中了三獎，想將獎金千元無條件地贈送給我。

以後的工作愈忙了，等明晨侵早起來，頭腦清醒一點之後，好好兒排一張次序單下來，依次做去。雖然我也在害怕，怕以後永也沒有恢復從前的勇氣的一日了。

二月二十日，（正月廿八日，）星期四，陰雨，東南風大。

晨七時起床，急趕至郵政總局寄航空信；天色如此，今天想一定不能送出，滬粵綫飛機，多半是不能開。福州交通不便，因此政治，文化，以及社會情形，都與中原隔膜，陸路去延平之公路不開，福州恐無進步的希望。

老同學劉愛其，現任福州電氣公司及附屬鐵工廠之經理；昨日旁晚，匆匆來一謁，約於今日去參觀電廠。十時左右，沈祕書頌九來談及發行刊物事，正談至半中而劉經理來，遂約與俱去，參觀了一周。

午後過後街，將那一篇播音稿送去；買武英殿聚珍版叢書中之拙軒集，彭城集，金淵集，宋朝實事各一部；書品不佳，但價却極廉。比之前日所買之晉江丁雁水集周亮工賴古堂詩集，祇一半價錢也。

晚上抄福清魏惟度選之百名家詩選的人名目錄，雖說百家，實祇九十一家，想係當時之誤。而選者以己詩列入末尾，亦似未妥，此事朱竹垞曾加以指摘。

二月二十一日，（正月廿九日），星期五，陰雨。

半夜後。窗外面鞭炮聲不絕，因而睡不安穩。六時起床，問聽差者以究竟，謂係廿九節，船戶家須祝賀致祭，故放鞭炮。船戶之守護神，當爲天后聖母林氏，今天大約總是她誕生或昇天的日子。（問識者，知爲敬老節，似係緣於目蓮救母的故事者。）

午前九時，與沈祕書有約，當去將出刊物的計劃，具體決定一下。十一時二十分，又有約去英華中學演講，講題文藝大衆化與鄉土文藝。中午在大新樓午膳，回來接兒子飛的信，及上海邵洵美，杭州曹秉哲來信。

晚上招飲者有四處，先至飛機場樂天溫泉，後至聚春園，再至河上酒家，又吃了兩處。明日上午九時主席約去一談，十時李育英先生約在湯門外福龍溫泉洗澡。作霞信一，以平信寄出。

二月二十二日，（正月三十日），星期六，陰，時有陣雨。

昨晚入睡已遲，今晨主席有電話來召見，係詢以編纂出版等事務者大約一兩月準備完畢後，當可實際施行。施行後，須日去省府辦公，不能像現在那麼的閑空了。

中午在河上酒家應民廳李君的招宴，晚上丁誠言君招在伊岳家（朱紫坊之五）吃晚飯；丁君世家子也，爲名士陳韞山先生之愛壻，亦在民政廳辦事。發霞信一。

二月二十三日，（陰歷二月初一日），星期日，陰雨，微雨時作。

午前發霞信一，因昨晚又接來信也。欠的信債文債很多，眞不知將於何日還得了。計在最近期間，當爲宇宙風，論語，及開明書店三處寫一萬四五千字；開明限期在月底，宇宙風限期在後日，(只能以航空信寄去)，論語亦須于月底前寫一篇短稿寄去。三月五日前，還有一篇文學的散文(南國的濃春)，要寄出纔行；良友的書一册，及自傳全稿，須趕至下月方能動手了。

於去烏石山圖書館友社去講演幷吃中飯之先，以高速度寫了趙龍文氏，陸竹天氏，曹叔明氏信三封；以後還須趕寫者，爲葛湛候氏，周企虞氏，徐博士(南京軍委會)，曼兄，以及朱惠清氏等的信。大約明後日於寫稿之餘，可以順便寫出。

二月二十四日，(陰歷二月初二日，)星期一，晴爽，有東南風。

晨七時起床，有南方日報社閔君來訪，蒙自今日起，贈以日報一份；後復有許多青年來，應接不暇，便以快刀切亂麻方法，毅然出去。先至西門，閑走了一回，却走到了長慶禪寺，卽荔子產地西禪寺也。寺東邊有一寄園，中有二層樓別墅一所，名明遠閣，不知是否寺產。更從西禪寺走至烏石山下，到烏石山前的一處有奇岩直立的廟裏看了一回；人疲極，回來洗澡小睡，醒後已將六點。頗欲寫信，但人實在懶不過，記此一段日記，就打算入睡矣。

周亮工著之閩小記，頗思一讀，但買不到也借不到；前在廣州，曾置有周櫟園全集，後於回上海時丟了，回想起來，眞覺得可惜。

陽歷三月一日，爲陰歷二月初八，親戚趙梅生家有喜事，當打一賀電；生怕忘記，特在此記下一筆。

本星期四，須去華南文理學院講演；星期日，在南方日報社爲青年學術研究社講演，下星期一上午十一至十二時，去福建學院講演。

二月廿五日，（陰歷二月初三），星期二，大雨終日。

午前七時起床，寫了兩分履歷，打算去省府報到去的；正欲出發，又有人來談，只能陪坐至十二點鐘。客去後，寫霞信一，曼兄信一。宇宙風及論語稿一，當於明日寫好牠們，後日以航空信寄出。（論語稿題爲做官與做人想寫一篇自白。）

開明之稿萬字，在月底以前，不知亦能寫了否。今天晚上有民政廳陳祖光，黃祖漢兩位請客，在可然亭，想又要喝醉了囘來；應酬太多太煩，實在是一件苦事。

二月廿六日，（陰曆二月初四），星期三，陰雨。

因欲避去來訪者之煩，早晨一早出去，上城隍廟去看了一囘。廟前有榕樹一株，中開長孔，民衆藥廟祀之，匾額有廿七，廿八，廿九，三十得色，或連得兩色之句，不知是否係搖會之類。廟後東北面，奎光閣地點極佳，惜已塌圮了。還有福州法事，門前老列男堂女室兩處，旁有沐浴，庖廚等小室的標明，亦係異俗。城隍廟東面之太歲殿上，見有男女工人在進香，廟祝以黃紙符咒出售，男女兩人各焚化以繞頭部，大約係免除災悔的意思。

下午來訪者不絕，卒於五時前偕閩報館長松永氏去常盤小飲，至九時囘寓。

二月廿七日，（二月初五日），星期四，陰晴。

連得霞來信兩封，卽作覆，告以緩來福州。中午去城內吃飯。下午五時，在倉前山華南文理學院講演；亦有關於日本這次政變的談話。晚上顧君偕中央銀行經理等來訪。

二月二十八日，（陰歷二月初六），星期五，陰雨。

午前在家，復接見了幾班來客，更爲寫字題詩五幅。接到自杭州寄來之包裹，卽作覆信一。中午去井樓門街傅宅吃飯。

中飯後，又去百合溫泉洗澡，坐至旁晚五時始囘寓，一日的光陰，又如此地白化了。

晚上，獨坐無聊，更作霞信，對他的思慕，如在初戀時期，眞也不知是什麼原因。

（二月二十九日，（二月初八），星期六，陰晴。

午前又有來客，客去後，寫閩遊滴瀝，至午後二時，成三千餘字，即以航空信寄宇宙風社。寄信囘來，又爲論語寫了兩則高樓小說，一說做官，二說日本青年軍人的發魘。大約以後，每月要寫四篇文章，兩篇爲論語，兩篇爲宇宙風也。

晚上陪王儒堂氏吃飯，至十時餘始散，來客中有各國領事及福州資產階級的代表者若干人。飯畢後，顧弗臣氏來，再約去喝酒，在西宴臺；共喝酒一斤，陶然醉矣，十二時囘寓。

三月一日（二月初八），星期日，晴。

昨晚入睡，已將午前兩點，今晨七時即起床，睡眠不足，人亦疲倦極矣。十時去友聲劇場講演，聽衆千餘人；十二點去樂天泉洗澡，應南方日報吳社長之招宴。飯前飯後，爲寫立軸無數，更即席寫了兩首詩送報界同人。一首爲『大醉三千日，微吟又十年，只愁亡國後，營墓更無田』。一首爲『閩中風雅賴扶持，氣節應爲弱者師，萬一國亡家破後，對花洒淚豈成詩』。

三時前，乘車去冒溪遊；地在協和大學東南，風景果然清幽，比之杭州的九溪十八澗更大一點。聞常有協和學生，來此處臥遊沐浴，倒是一箇消夏的上策。

三月二日，（二月初九），星期一，陰雨。

幾日來寒冷得很，晨八時起床後，卽寫霞信一封，打算於午後以快信寄出牠。十時左右，在福建學院講演，遇薩鎭兵上將及陳韞山先生等，十一時半，去省府。

中午在閩候縣署陳縣長處吃飯，至二時始返寓。卽將信寄出，大約五日後可到杭州。

晚上有廈門報館團來，由永安堂駐閩經理胡兆陶祥皆先生招待，邀爲作陪，談至十時，在閩報社參觀報館內部，更爲各記者題字十餘幅。

三月三日，（陰歷二月初十），星期二，寒雨終日，且有雪珠。

晨起卽去南后街買書十餘元，內有小腆記傳一部，內自訟齋文集殘本一部，倒是好書。中午去科學館，約於明晚應館長黃開繩君招宴。午後又上省府，晤斯專員夔卿，卽與訣別，約於半月後去廈門時相訪於同安。

晚上赴顧弗臣氏招宴，菜爲有名之中州菜，而味極佳而菜極豐厚；醉飽之餘，爲寫對及單條十餘幅。

三月四日，（二月十一），星期三，微雨，但有晴意。

晨七時半起床，當寫一天的信，以了結所欠之賬，晚上還須上東街去吃晚飯也。

三月五日，（二月十二日），星期四，晴。

昨晚在東街喝得微醉回來，接到了一封霞的航空信，說她馬上來福州了；卽去打了一箇電報，止住她來。因這事半夜不睡，猶如出發之前的一夜也。今晨早起，更爲此事而不快了半天；本想去省府辦一點事，但終不果，就因她的要來，而變成消極，打算馬上辭職，仍囘杭州去。

下午約了許多友人來談，陪他們吃茶點，用去了五六元；蓋欲借此外來的熱鬧，以驅散胸中的鬱憤之故。

旁晚四時，上日本人俱樂部和松井石根大將談話，晚上又吃了兩處的酒，一處是可然亭，一處是南軒葵園。

三月六日，(二月十三)，星期五，晴。

上午進城，買了一部伊墨卿的留春草堂詩鈔，一部陳餘山的繼雅堂詩集；兩部都係少見之書，而價並不貴。

午後洗澡，想想不樂，又去打了一個電報，止住霞來。晚上和薩上將鎮冰等聯名請松井石根大將吃晚飯，飲至十時始返寓；霞的囘電已到，說不來了；如釋重負，快活之至，就喝了一大碗老酒。明日打算把那篇『南國的濃春』寫好寄出。

三月七日，(二月十四)，星期六，晴爽。

今日本打算寫『南國的濃春』的，因有人來，一天便爾過去。并且也破了小財，自前天到今天，爲霞的卽欲來閩一信，平空損失了五十多元；女子太能幹，有時也會成禍水。發霞信一。

晚上十時上床，到福州後，從沒有如此早睡過。明天又有電氣公司劉經理及吉團長章箇的兩處應酬，自中午十二時至晚上十時的時間，又將在應酬上費去。與吉團長合請者，更有李國曲隊長沈鏡(叔平)行長的兩位，都係初見之友，雨農先生爲介紹者，改日當囘請他們一次。

三月八日，(二月十五)，星期日，晴和。

早晨九時頃，正欲出遊，中行吳行長忽來約同去看百里蔣氏；十餘年不見，而蔣氏之本貌如舊。

中午在倉前山劉愛其家吃飯，席上遇佘處長等七八人。佘及李進德局長，李水巡隊長等還約於下星期日，去遊青定寺。

晚上去聚春園赴宴，遇周總參議，林委員知淵，劉運使，張參謀長，葉參謀長，幷新任李廈門市長等。飲至半酣，復與劉蓮使返至愛其家，又陪百里喝到了半夜；有點醺醺然了，踏淡月而回南台。

三月九日，（二月十六），星期一，晴和。

午前十時去西湖財政人員訓練班講演，十一時返至南台，送百里上靖安輪。昨晚遇見諸人，也都在艙裏的餐廳上相送。蔣氏將去歐洲半年，大約此地一別，又須數年後相見了，至船開後始返寓。

作霞信，告以雙慶事已托出，馬上令其來閩等候。

晚上在趙醫生家吃晚飯，又醉了酒。

三月十日，（二月十七日），星期二，大雨。

昨晚雨，今日未晴，晨六時卽醒，睡不着了，起來看書。正欲執筆寫文章，却又來了訪問者，只能以出去爲退兵之計，就冒雨到了省府。

看報半天，約舊同學林湘臣來談，至十二時返寓。文思一被打斷，第二次是續不上去的，所以今天的一天，就此完了，只看了幾頁公是弟子記而已。

晚上在中洲顧氏家吃飯，飯後就回來。中行吳行長問有新消息否？答以我也渾渾然也。

三月十一日，（二月十八），星期三，陰雨終日。

晨起，爲論語寫稿千餘字，係連續之『高樓小說』三段；截至今日止，已寫兩次，成五段了，下期當於月底以前寄出牠。稿寫了後，冒大風雨去以航空快信寄出，歸途又買了一部江寧汪士鐸的梅村詩文集，一部南海譚玉生的樂志堂詩文略，都是好書。午後有人來，一事不做。

三月十二日，（二月十九），星期四，晴，熱極，似五月天。

早晨三點醒來，作霞的信；自六日接來電後，已有六日不曾接她的信了，心頗焦急，不知有無異變。記得花朝夜醉飲回來，曾吟成廿八字，欲寄而未果：『離家三日是元宵，燈火高樓夜寂寥，轉眼榕城春漸老，子規聲裏又花朝』，北望中原，眞有不如歸去之想。

今日爲總理逝世紀念日，公署會所，全體放假；晨起就有人來訪，爲寫對聯條幅無數。午後去于山戚公祠飲茶，汗流浹背。晚上運使劉樹梅來談，先從書版談起，後及天下大事，國計民生，暢談至午前三時。

三月十三日，（二月二十），星期五，陰，大雨終日。

昨日熱至七十幾度，今日又冷至四十度上下，福州天氣眞怪極了。因午後有上海船開，午前趕寫『閩游滴瀝之二』一篇，計三千五百字，於中午寄出，只寫到了鼓山的一半。

閩報社長松永有電話來，謂於今日去台灣，十日後返閩，約共去看林知淵委員。

下午又有人來看，到晚上爲止，不能做一事。只打了一箇賀電給富陽朱一山先生，寫送陳些蠢祖母之輓軸一條。

晚上又作霞信，連晚以快信發出，因明日有上海船開，遲則恐來不及。此地發信，等於逃難，遲一刻就有生命關係，胡廳長若來，當催將自福州至延平之公路築成，以利交通，以開風氣。

三月十四日，（二月廿一），星期六，晴爽。

午前一早就有人來，談至十時半，去廣播電台播音，講防空與自衛的話。十二點去省府，下午回至寓居，接霞來信三封，頗悔前昨兩天的空着急。旁晚又接來電，大約雙慶兩日可到南台。

晚上劉雲階氏家有宴會，去說了幾句話，十一時返寓。

三月十五日，（二月廿二），星期日，晴和。

晨起接見了一位來客後，即倉皇出去，想避掉應接之煩也。先坐車至湯門，出城步行至東門外東嶽廟前，在廟中遊覽半日，復登東首馬鞍山，看了些附近的形勢風景。鄉下真可愛，尤其是在這種風和日暖的春天。桃李都剩空枝，轉瞬是首夏的野景了，若能在這些附廓的鄉間，安穩隱居半世，豈非美事？

下午回寓，寫了半天的信，計發上海丁氏，杭州周象賢氏，尹貞淮氏，及家信一。晚上在同鄉葛君家吃晚飯，十一時回寓。

昨日曾發霞航空快信，今天諒可到杭。

三月十六日，（二月廿三），星期一，午前陰，旁午下雨起。

晨六時起床，寫答本地學生來信五封。十時接電話，約於本星期五下午二時去協和大學講演。

中午至省府，為雙慶事提條子一，大約明天可有回音。午後雙慶自杭州來，當於明日去為問省銀行事。

晚上早睡，因明日須早起也。

買淸詩話一部，屺雲樓詩文集各一部。

三月十七，（二月廿四），星期二，陰雨。

晨六時起床，九時至省府探聽為雙慶荐入省銀行事，大約明日可以發表，當卽送伊去進宿舍。

下午買了一部東越文苑傳，係明陳汝翔作。發霞信。

晚上應陳世鴻，銀行團，李祕書等三處宴會，幸借得了劉愛其之汽車，得不誤時間，飲至十一點囘寓。

三月十八日，（二月廿五），星期三，雨。

晨起，宿醉未醒；九時去省銀行看壽行長，托以雙慶事，下午將去一考，大約總能取入。中午發霞信，告以雙慶已入省銀行爲助理員，月薪十五元，膳宿費十二元一月，合計可得二十七元。旁晚又發霞航空信，告以求保人塡保單事。

晚上微醉，十時入睡。

三月十九日，（二月廿六），星期四，陰晴。

午前送雙慶至銀行後，卽去南門舊貨店買明北海馮琦抄編之經濟類編一部；書有一百卷，我只賣到了五十四卷，係初印的版子。囘寓後，沈祖牟君來訪；沈君爲文肅公直系長孫，善寫詩，曾在光華大學畢業，故友志摩之入室弟子也，與談至中午分手別去。

午後張滌如君約去喝紹興酒，晚上當在嘉賓吃晚飯。雙慶於今日入省銀行宿舍。發霞信，告以一切。

三月二十日，（二月廿七），星期五，陰晴。

午前頭尙昏昏然，晨起入城，訪武昌大學時學生現任三都中學校長陳君毓麟於大同旅舍；過中華書局，買宋四靈詩選一册。至省立圖書館，看說鈴中之周亮工閩小記兩卷，瑣碎無取材處；只記一洞，及末尾之詩話數條，還値得一抄。

午後，協和大學朱君來約去講演；完後，在陳教務長家吃晚飯，協和固別一天地，求學原很適宜也。晚上坐協大汽車回來，又上福龍泉及嘉賓去吃了兩次飯。

三月二十一日，（二月廿八），星期六，陰，微雨時行。

午前寫信六封，計霞一，邵洵美一，上海雜誌公司一，趙家璧一，同鄉金某一，養吾兄處一。午後洗了一個澡，晚上在日本菜館常盤吃飯。從常盤出來，又去跑了兩箇地方，囘寓後爲陳君題畫集序文一，上床時已過十二點了。

三月廿二日，（二月廿九），星期日，晴。

午前七時起床，顧君蒓臣卽約去伊家寫字，寫至十二點過。上劉愛其氏寓吃午飯，作東者爲劉氏及陳廳長子博；飯後返寓，又有人來訪，卽與共出至城內，辭一飯局。晚上在新銘輪應招商局王主任及船長楊馨氏招宴，大醉囘來，上床已過十二點鐘了。

三月廿三日，（陰歷三月初一），星期一，晴。

晨起，宿醉未醒，還去職業學校講演了一次。至中午在一家外江飯館吃飯後，方覺清醒。飯後上三賽樂戲班看王昭君閩劇。主演者爲閩中名旦林芝芳，福州之梅博士也，嘴大微突，唱時不作假聲，係全放之雄音，樂器亦以笛伴奏，胡琴音很低，調子似梨花大鼓作成十四字，『難得芝蘭同氣味，好從烏鳥辨雄雌。』觀衆以女性爲多，大約福州閨秀唯一娛樂處，就係幾箇劇場。

旁晚從戲院出來，買峨眉山志一部，佛教書簡甲集一册；晚上在中洲顧家吃飯，作霞信一，十時上床。

三月二十四日，（三月初二）星期二，陰晴。

午前送財政部視察陳國樑氏上新銘輪，爲介紹船長楊氏，寄霞之信，即投入船上郵筒內。

午後，學生陳君來訪，約於明晚去吃晚飯。打算明天在家住一日，趕寫上海的稿子。旁晚杜氏夫婦來，與同吃晚飯後別去。

接霞平信一，係二十日所發者；謝六逸來信一，係催稿兼告以日人評我此次來閩的動機之類，中附載有該項評論之日本報一張。

三月廿五日，（二月初三），星期三，陰晴。

晨七時起床，爲立報寫一短稿，名『記閩中的風雅』，可千三百字。午後爲論語寫高樓小說兩則，晚上又有人請吃飯，洗澡後，十時上床。

三月廿六日，（三月初四）；星期四，晴。

晨七時起床，寫霞信一，郎䍐至郵局，以航空快信寄出，論語稿亦同寄。午後三時，至軍人監獄訓話，施捨肉饅頭二百四十箇，爲在監者作點心。晚上閩省銀行全體人員，訴說雙慶壞處；氣極，又寫給霞平信一封。

三月廿七日，（陰歷三月初五），星期五，晴。

晨七時起床，欲寫宇宙風稿，因來客絡繹不絕，中止；全球通信社社長全克謙君，來談閩省現狀，頗感興味。大約無戰事發生，則福建在兩年後，可臻大治。

午後去省府，又上圖書館查葉觀國綠筠書屋詩鈔及孟超然瓶葊居士詩鈔，都不見。只看到了上海日文報所譯載之我在福青州年會講過的演稿一道。譯者名菊池生，係當日在場聽衆之一，比中國記者所記，更爲詳盡而得要領。

接霞來信三封，洵美信一封，趙家璧信一封。晚上在南台看閩劇濟公傳。十二時上床。

三月廿八日，（三月初六），星期六，晴暖。

午前又有客來，但勉強執筆，寫閩游滴瀝之三，成二千字。中午入城去中吃飯，係應友人之招者，席間遇前在北大時之同學數人；學生已成中堅人物，我自應頹然老矣。飯後過商務印書館，買陳石遺選刻之近代詩鈔一部。閩之王女士眞，石遺老人，於荔子香時，每年必返福州；今年若來可與共遊數日，王女士爲石遺得意女弟子，老人年譜後半部，即係王所編撰。

午後回寓，復趕寫前稿，成一千五百字；旁晚寫成，即跑至郵局，以航空快信寄出。

昨日連接霞三信，今日又接一封，作覆。

晚上有飯局兩處，一在可廬辛泰銀行長車梅庭家，一在可然亭。

三月二十九日，（三月初七），星期日，晴暖。

連晴數日，氣候漸漸暖矣。午前寫字半日，十一點鐘會小月於靖安輪上，伊將歸上海，料理前輩蔣伯器先生之喪葬。伯器係小月岳丈，義自不容辭耳。

中午在祖牟家吃午飯，祖牟住屋，係文肅公故宅，宮巷廿二號。同席者，有福州藏書家陳幾士氏，林汾貽氏。陳係太傅之子，示以文誠公所藏鄭善夫手寫詩稿，稀世奇珍，眼福眞眞不淺。另有明代人所畫閩中十景畫稿一帙，亦屬名貴之至；并蒙贈以李畏吾嶺雲軒瑣記一部，爲貫通儒釋道之佳著，姚慕亭在江西刻後，久已不傳，此係活字排本，後且附有續選四卷，較姚本更多一倍矣。林汾貽氏，爲文忠公後裔，收藏亦富，改當日去伊家一看藏書。

晚上在中洲顧家吃晚飯，蒹臣已去福清，遇同學林湘臣氏。

入夜微雨，但氣候仍溫和，當不至於有大雨；福州天氣，以這種微雨時爲最佳。

三月三十日，（三月初八），星期一，陰晴。

晨起讀同文書院發行之雜誌支那三月號，費三小時而讀畢。十時後去省府，看上海天津各報，中日外交，中樞內政，消息仍甚沈悶；但歐洲風雲，似稍緩和，也算是好現象之一。

中飯後，步行出北門，看新築之汽車道，工程尚未完成。桃花遍山野，居民勤於工作，又是清明寒食節前之農忙時候了。

午後囘寓小睡，接杭州上海來之航空信，快信十餘封，當於明日作覆。晚間又有飯局兩處，至十時微醉囘來，就上床睡覺。

三月三十一日，（三月初九），星期二，陰晴。

晨起，至省府探聽最近本省政情；財政不裕，百廢不能舉，福建省建設之最大難關在此。理財諸負責人，又不知培養稅源，清理稅制，都趨於一時亂增稅收；人民負擔極重，而政府收入反不能應付所出。長此下去，恐非至於破產不可，內政就危險萬狀，國難猶在其次。

午後，晚上，繼續爲人家寫字，屏聯對子，寫了百幅內外；腰痛脚直，手也酸了。晚上十時上床，讀蜀中名勝記。三月今天完了，自明日起，當另記一種日記。

三月末日記

濃春日記

一九三六年四月，在福州之南台。

四月一日，（陰歷三月初十），星期三，陰晴。

將歷本打開來一看，今天是舊歷的三月初十，去十四的清明節只有四日了；春進了這時，總算是濃酣到絕頂的關頭，以後該便是鶯聲漸老，花到荼蘼，播秧布穀的農忙的節季。我的每年春夏之交要發的神經衰弱症，今年到了這半熱帶的福建，不知道會不會加重起來？兩禮拜前；一逢着晴暖的日子，身體早就感到了異常的困倦，這一個雨水很多，地氣極暖的南國氣候，不知對我究竟將發生些怎麼樣的影響？

今天一早起來，開窗看見了將開往上海去的大輪船的煙突，就急忙寫信，怕遲了又要寄不出而緩一星期。交通不便，發信猶如逃難摸彩，完全不能夠有把握，是到閩以後，日日感到的痛苦；而和霞的離居兩地，不能日日見面談心，却是這痛苦的主要動機。

信寫完後，計算計算在這半個月裏要做的事情，却也不少，唯一的希望，是當我沒有把這些事情做了之先，少來些和我閑談與賜訪的人。人生草草五十年，一寸一寸的光陰，在會客閑談裏費去大半，眞有點覺得心痛。現在爲免遺忘之故，先把工作次序，及名目開在下面：

閑書的編訂（良友）

閩游滴瀝的續稿（宇宙風）

高樓小說及自傳的末章（論語）（說預言，如氣候之類；說僞版）（書，說讀書，等等）

記閩浙間的關係之類（越風）（從言語，人種，風習，歷史，以及人物往來上立言。）

戚繼光的故事（東南日報）（泛記倭寇始末幷戚的一代時事。）

明末的沿海各省（預備做『明清之際』小說的原料。）

凡上記各節，都須於這半月之內，完全弄牠們成功纔行。此外則德文短篇的翻釋，和法文的復習，也該注意。有此種種工作，我想四月前半個月，總也已經夠我忙了；另外當然還有省府的公事要辦，朋友的應酬要去。

到福建之後，將近兩月；回顧這兩月中的成績，却空洞得很。總算多買了二百元錢的舊書，和新負了許多債的兩件事情，是値得一提的。

午後到福龍泉去洗了一個澡，買了些文房具和日用必需的什器雜物，像以後打算籠城拚命，埋頭苦幹的準備。像這樣濃艷的暮春的下午，我居然能把放心收得下，坐在這冷清清的案頭，記這一條日記，而預排我的日後的課程，總算可以說是我的進步；但反過來說，也未始不是一種衰老現象的表白，人到了中年，興趣就漸漸殺也。

接到良友來催書稿的信，此外還附有新印行的周作人先生的散文集苦竹雜記一册。

四月二日，（三月十一），星期四，陰晴。

昨晚下了微雨，今晨却晴了，江浙有棠棣花開落夜雨之諺，現在正是棠棣花開的時候。早晨六時起床，上省立圖書館去看了半天錢唐徐景熹樸齋編之乾隆福州府志。當時廣西陳文恭公宏謀在任閩撫，而襄其事者，又有翰林院庶吉士會稽魯曾煜，貢生錢唐施廷樞翟，所以這一部府志，修得極好。徐景熹爲翰林院編修，係當時之福州府知府，當爲一時的名宦無疑。書共有二十六册，今天只看了兩册，以後還須去看兩天，全部方能卒業。此外還有王應山之閩都記，陳壽祺之福建通志，省圖書館目錄中也有，當都去取出來翻閱一過。現代陳石遺新編之通志，尙未出全，內容亦混亂不堪，不能看也。

午後又寫了一封給霞的信，告以閩省財政拮据萬狀，三四五月，怕將發不出薪水全部。我自來閩後，薪水只領到百餘元，而用費卻將有五百元內外了；人家以為我在做官，所以就能發財，殊不知我自做官以後，新債又加上了四百元，合起陳債，當共欠五千元內外。

旁晚接此間福建民報館電話，屬為小民報隨便寫一點什麼，因為作短稿一則，名『說寫字』。

晚上在中洲顧家吃飯，飯後寫字，至十時返寓。

四月三日，（三月十二），星期五，晴和。

晨六時起床，即去省立圖書館看了半天書。經濟不充裕，想買的書不能買，所感到的痛苦，比肉體上的饑寒，還要難受。而此地的圖書館，收藏又極簡嗇；有許多應有的書，也不曾備齊。午後在韓園洗澡，在廣裕樓吃晚飯。

閩主席將出巡，往閩南一帶視察，頗思同去觀光，明日當將此意告知沈祕書。

晚上又有人來談，坐到十二點始入睡。

四月四日，（三月十三），星期六，晴爽。

今天是兒童節，上一處小學會場去作了一次講演，下來已經將近中午了；趕至省府，與沈祕書略談了幾分鐘，便爾匆匆別去。出至南後街看舊書，買無錫丁杏舫聽秋聲館詞話一部二十卷，江都申及甫笏山詩集一部十卷，書品極佳，而價亦不昂。更在一家小攤上買得王夫之之黃書一卷，讀了兩個鐘頭，頗感興奮。王夫之，顧炎武，黃梨洲的三人，眞是並世的大才，可惜沒有去從事實際的工作。午後回寓小睡。

今昨兩日，疊接杭州來信七八封，我只寫答函一。市長企虞周氏，也來了一封信，謂杭地苦寒，花尙未放云。

四月五日，（三月十四），星期日，陰晴，時有微雨。

今日是淸明節，每逢佳節，倍思家也。晨八時，愛其來，與劉運使，王醫生及何熙曾氏，共去鼓嶺，在嶺上午膳；更經浴風池而至白雲洞一片岩下少息。過三天門，雲屏，挹翠岩龍脊路，凡聖寺，觀瀑亭，積翠菴，布頭而回城寓，已經過了七點鐘了。

晚上在青年會前一家福聚樓吃晚飯，十一時上床。

四月六日，（三月十五），星期一，晴，暖極。

晨起，正欲寫家信，而顧君等來，祗匆匆寫了一封日本駐杭領事松村氏的信，就和他們出去。

先在西湖公園開化寺門前坐到了下午，照相數幀；後又到南公園看了荔子亭，望海樓的建築。蓋南公園本爲耿王別墅，曲水迴環，尚能想見當年的布置。

自南公園出來，日已垂暮，至王莊樂天溫泉洗澡後，一片皓月，已經照滿了飛機廣場。鼓山極清極顯，橫躺在月光海裏，幾時打算於這樣的月下，再去上山一宿，登一登絕頂的屴崱高峯。

晚上丁玉樹氏在嘉賓招飲，飯後復至賽紅堂飲第二次，醺醺大醉，回來已將十二點鐘。

四月七日，（月三十六），星期二，晴，大熱，有八十二度。

晨起就覺得頭昏，宿醉未醒，而天氣又極悶熱也。一早進城，在福龍泉洗澡休臥，睡至午後一點，稍覺清快。上商務印書館買福州旅行指南一册，便和楊經理到白塔下瞎子陳玉觀處問卜易。陳謂今年正二月不佳，過三月後漸入佳境；八月十三過後，交入甲運，天罡三朋，大有可爲，當遇遠來貴人。以後丁丑年更佳，辰運五年——四十六至五十一——亦極妙，辰子申合局，一層更上，名利兼收。乙運尙不惡，至五十六而運盡，可退休矣，壽斷七十歲。（前由鐵板數推斷，亦謂死期在七十歲夏至後的丑午日。）子三四，中有一貴。大抵推排八字者，語多如此，姑妄聽之，亦聊以解悶而已。

返寓後，祖年來，莆臣來，晚上有飯局二處，謝去，仍至莆臣家吃晚飯。

月明如晝，十時上床。

四月八日，（三月十七），星期三，雨熱。

早晨偕青年會王總幹事去看陳世鴻縣長，中午在李育英氏家吃午飯，蓋係李氏結婚後八週年紀念之集會。飯後遵環城路走至福建學院，訪同鄉葛氏。天氣熱極，約有八十五六度，比之昨日，更覺悶而難當。

返寓後，又有人來訪，弄得我洗臉吃烟的工夫都沒有，更談不上寫信做文章了。晚上早睡，月亮仍很好，可是天像有點兒要變，因黑雲已障滿了西北角。

四月九日，（三月十八），星期四，狂風大雨。

昨晚半夜起大風，天將明時，雷雨交作，似乎大陸也將陸沈的樣子。賴此風雨，阻住了來客，午前半日，得寫了三封寄杭州的信。正想執筆寫文章，而來訪者忽又冒雨來了，恨極。

午後略看福州府舊志之類，自明日起，當趕寫論語與宇宙風的稿子。

讀光緒三年一位武將名王之春氏所著之椒生隨筆八卷，文筆並不佳，但亦有一二則可取處。又書中引戚繼光紀效新書，趙甌北所著書，及曾文正公奏議之類過多，亦是一病。

接上海署名黑白者投來稿子一件，爲改了一篇發表，退囘了一篇。

四月十日，（三月十九），星期五，陰雨終日。

午前爲寫『記富陽周芸皋先生』稿，想去省立圖書館看書，但因在開水災賑務會而看不到。途中却與主席相遇，冒雨囘來，趕寫至下午，成二千五百餘字。

晚上接霞四日，五日，六日所發的三封信，中附有陽春之照片一張；兩月不見，又大了許多。

杭州新屋草地已鋪好，樹也已經種成，似乎全部將竣工了，可是付錢却成問題。

明日午前，當將論語稿寫好寄出；下午當再寫宇宙風稿三千字，因爲後日有船開，遲恐寄不出去。

四月十一日，(三月二十)星期六，陰雨，似有晴意。

午前寫高樓小說四則，以快信寄出。幾日來，因經濟的枯窘，苦無生趣，因而做稿子也不能如意；這情趣上的低氣壓，積壓已有十日，大約要十五日以後，纔去得了，屈指尙有三整日的悒鬱也。

接霞四，五，六日發的三封平信，卽作覆。午後閩報社長松永氏來談，贈以新出之遊記一册。今晚當早睡，明晨須出去避客來，大約中午前可以囘來寫那篇宇宙風的稿子，不知也寫得了否。

四月十二日，(二月廿一)，星期日，午前雨，後晴。

晨起，宿舍內外漲了大水，到了底層脚下，有水二尺多深。一天不能做事情，爲大水忙也。聽說此地每年須漲大水數次，似此情形，當然住不下去了。打算於本月底，就搬出去住。

第一，當尋一大水不浸處，第二，當尋一與澡堂近一點的地方。在大街最爲合宜，但不知有無空處耳。

晚上在商務印書館楊經理家吃晚飯，當談及此次欲搬房子事，大約當候杭州信來，纔能決定。

四月十三日，（三月廿二），星期一，晴爽。

晨起看大水，已減了一尺，大約今天可以退盡。寫閩遊滴瀝之四，到下午兩點鐘，成三千五百字。馬上去郵局，以航空快信寄出，不知能否趕得到下一期的宇宙風。寄信回後，進城去吃飯，浴溫泉，旁晚回寓，趕寫寄霞之快信一封，因明日有日本船長沙丸開上海。

晚上早睡，打算於明晨一早起來，到省署去打聽打聽消息。

四月十四日，（三月廿三），星期二，晨微雨，後晴。

侵晨卽起，至大廟山，看瞭望台，志社詩樓，禁烟總社及私立福商小學各建築物。山爲全閩第一江山，而廟亦爲閩中第一正神之廟，大約係祀閩王者。下山後，重至烏石山，見山東面道山觀四號門牌毛氏房屋，地點頗佳；若欲租住，這却是好地方，改日當偕一懂福州話的人去同看一下。

午後略訪舊書肆一二家，遂至省府。返寓已兩點，更寫寄霞之平信一封，問以究竟暑假間有來閩意否？今日神致昏倦，不能做事情。明日爲十五日，有許多事情積壓着要做，大約自明日起，須一直忙下去了。

自傳稿，屐樓稿，拜金藝術稿，盧騷漫步稿，都是未完之工作，以後當逐漸繼續做一點。

近來身體不佳，時思杭州之霞與小兒女！『身多疾病思田里』，古人的詩實在有見地之至。

晚上被邀去吃社酒，因今天舊歷三月廿三，爲天上聖母或稱天后生日。關於天后之史實，抄錄如下：

天后傳略

神林姓，名默，（生彌月，不聞啼聲，因名），世居莆之湄洲嶼，宋都巡官惟愨第六女也。母王氏，夢白衣大士授丸，遂於建隆元年生神，生有祥光異香。稍長，能豫知休咎事，又能乘席渡海，駕雲遊島嶼間。父泛海舟溺，現夢往救。雍熙四年昇化，寶慶二十八年。神每朱衣顯靈，遍夢湄洲父老，父老遂祠之，名其墩曰聖墩。宣和間，路允迪使高麗，舟危，神護之歸，聞於朝，請祀焉。元嘗護海漕。明洪武初，復有護海運舟之異；永樂間，中使鄭和，下西洋，有急，屢見異，歸奏聞。嘉靖間，護琉球詔使陳侃，高澄；萬歷間，護琉球詔使蕭崇業，謝杰；入清，靈蹟尤著。雍正四年，巡臺御史禪濟布，奏請御賜神昭海表之額，懸於臺灣廈門湄洲三處；幷令有江海各省，一體葺祠致祭。洋中風雨晦暝，夜黑如墨，每於檣端見神燈示祐。莆田林氏婦人，將赴田者，以其兒置廟中，曰，姑好看兒，去終日，兒不啼不飢，不出閾，暮夜各攜去，神蓋篤厚其宗人云。（採福建通志，詳見湄洲志略。）

四月十五日，（三月廿四），星期三，晴爽。）

晨起，至省署，知午後發薪。返寓後小睡，愛其來，示以何熙曾氏之詩一首，幷約去嘉賓午膳，同時亦約到劉運使樹梅，鄭廳長心南來。飲至午後三時，散去；又上萃文小學，參觀了一週。

四時至省署，領薪俸，即至南後街，買秦漢三國晉南北朝八代詩全集一部，係無錫丁氏所印行；黔縣俞正變理初氏癸巳存稿一部，共十五卷；杭州振綺堂印行之杭世駿道古堂全集十六册，一起化了十元。

晚上在中洲顧宅吃晚飯。接上海霞來電，謂邵洵美款尚未付全。明晨當寫一航空信去杭州，屬以勿急。

遇汽車管理處蕭處長於途上，屬爲寫楹帖一幅；幷約於十日內去閩南一遊，目的地在廈門。

四月十六日，（陰歷三月廿五），星期四，晴和。

晨六時起床，寫一航空信寄霞，即趕至郵局寄出。入城，至烏石山下，看房屋數處，都不合意。

天氣好極，頗思去郊外一遊，因無適當去所，卒在一家舊書舖內，消磨了半天光陰。

下午接洵美信，謂款已交出；晚上早睡，感到了極端的疲倦與自嫌，想係天氣太熱之故。

四月十七日，（三月廿六），星期五，晴熱。

晨六時起床，疲倦未復，且深感到了一種無名的憂鬱，大約是因孤獨得久了，精神上有了 Hypochondriae 的陰翳；孔子三月不違仁之難的意義，到此纔深深地感得。

為航空建設協會，草一播音稿送去，只千字而已。

前兩星期遊鼓嶺白雲洞，已將這一日的遊踪記敘，作閩遊滴瀝之四了；而前日同遊者何熙曾氏，忽以詩來索和，勉成一章，幷抄寄協和大學校刊，作了酬應：

蒻來閩海半年留，歷歷新知與舊遊，欲借清明修禊事，却嫌芳草亂汀洲，振衣好上蟠龍徑，喚雨教添浴鳳流，自是巖居春寂寞，洞中人似白雲悠。

中午，晚上，都有飯局，至半夜囘寓，倦極。

四月十八日（三月廿七），星期六。晴熱。

今天陳主席啓節南巡，約須半月後返省城，去省署送行時，已來不及了。天氣熱似伏中，頗思杭州春景，擬於主席未囘之前，囘里一看家中兒女子。

午後謝六逸氏有信來索稿，爲抄寄前詩一道。明後兩日內，當把閑書編好，預備親自帶去交給良友也。今日爲舊歷二十七日，再過兩日，春事將完；來閩及三月，成績毫無，祇得兩卷日記耳，當附入閑書篇末，以記行踪。

四月十九日，（三月廿八），星期日，熱稍褪，午後雨。

晨起，入城會友數人；過壽古齋書館，買李中耆養一齋文集一部，共二十卷，係光緒戊寅年重刊本，白紙精印，書品頗佳。外更有陽湖左仲甫念宛齋詩集一部，版亦良佳；因左爲仲則摯友，所以出重價買了來，眉批多仲則語。

中午回寓，則閩報社長松永氏已候在室，拉去伊新宅（倉前山）共午膳。宅地高朗，四面風景絕佳，謂將於夏日開放給衆友人，作坐談之所。飯後，復請爲閩報撰一文，因自後天起該報將出增刊半張，非多拉人寫稿不可，答應於明晚交卷。

晚上，雨過天青，至科學館列同學會聚餐席，到者二十餘人，係帝大同學在閩最盛大之集會；約於兩月後再集一次，以後當每兩月一聚餐也。

眼痛，一時頗爲焦急，疑發生了結膜炎，半夜過漸平復，當係沙眼一時的發作。

四月二十日，（三月廿九）星期一，陰，後微雨。

晨五時卽醒，便睡不着。心旌搖搖，似已上了歸舟。爲葛志元書條幅一張，係錄舊作絕句者。

八時起爲閩報撰一小文，爲『祝閩報之生長』。旁午出去還書籍，買行裝；良友之書，打算到船上去編。今天爲舊歷三月底，按例下月閏三月，尙屬春末，但這卷日記，打算終結於此。

晚上還有爲設筵作餞者數處，大約明日船總能進口，後日晚間，極遲至大後天早晨，當可向北行矣；三月不見霞君，此行又如初戀時期，上杭州去和她相會時的情形一樣，心裏頗感得許多牢落也。

一九三六年四月二十日午前記

中午商務書館楊經理約在鼓樓西街一家小館子裏喝酒，飮至半酣，幷跑上了愛園去測字。兩人同寫一商字，而該測字者，却對答得極妙，有微中處；且謂床宜朝正西，大富貴亦壽考。

自愛園出來，又繞環城路步行至南門，上了烏石山東面的石塔。這塔俗稱黑塔，與于山西面之白塔相對；共高七層，全以條石疊成。各層壁龕中，餘有石刻佛像，及塔名碑與捐貲修建之人名爵里等。最可惡的，是揚碑的人，不知於何時將年分及名姓都毀去了；但從斷碑爛字中，還可以辯出是五代末閩王及宮中各貴冑妃嬪公主等集資修建者，當係成於西歷第十世紀上半期中的無疑。福州古蹟，當首推此塔，所可恨的，是年久失修，已傾坍了一二層了。勉強攀登上去．我拚了命去看了一看各龕中的石刻。所見到的，是第三層上東面的那塊『崇妙保聖堅牢之塔』的大字碑，及第二層『南無當來下生彌勒尊佛』的刻像，一角刻有『女弟子大閩國后李氏十九娘，爲自身，伏願安處六宮，高揚四教，上壽克齊於厚載，陰功永福於長年』的兩條願贊。此外每層各有佛像，亦各有不同的佛名和願贊刻在兩角，如尙氏十五娘，王氏二十六娘（當係公主之出嫁者）二十七娘之類。兩禮拜後若重返福州，想去翻出志書舊籍來，再詳考一下。臨行之前，發見了這一個寶庫，也總算是來了一趟福州的酬勞。至如蓮花峯下閩王審知的墓道之類，是盡人皆知的故實，還不足爲奇，唯有這塔和浙江已倒的雷峯塔有同世紀之可能的一層，却是很有趣的一件妙事。已將行裝整理了一半了，因下午偶然發見了此塔，大喜欲狂，所以又將筆墨紙篋打開，補記這一條日記。晚上須出去應酬，以後三五天內，恐將失去執筆的工夫。

二十日下午五時記。

良友文學叢書

魯迅	豎琴	翻譯蘇聯小說集
何家槐	曖昧	短篇創作集
巴金	雨	愛情三部曲之二
魯迅	一天的工作	翻譯蘇聯短篇集
張天翼	一年	十六萬字長篇
蓬子	剪影集	短篇創作集
丁玲	母親	長篇創作
老舍	離婚	長篇創作
施蟄存	善女人行品	短篇創作集
沈從文	記丁玲	傳記
老舍	趕集	短篇創作集
陳銓	革命的前一幕	長篇創作
張天翼	移行	短篇創作集
鄭振鐸	歐行日記	遊記
靳以	蟲蝕	短篇創作集
茅盾	話匣子	散文雜感集
巴金	電	愛情三部曲之三
侍桁	參差集	文藝論集
豐子愷	車箱社會	散文集
淩叔華	小哥兒倆	短篇創作集
沈起予	殘碑	創作長篇
巴金	霧	長篇附總序
周作人	苦竹雜記	散文集
徐志摩	愛眉小扎	情書日記集
朱光潛	孟實文鈔	文藝論集

图书在版编目（CIP）数据

闲书 / 郁达夫著. -- 天津：百花文艺出版社，2020.4（2024.1 重印）
（现代文学名著原版珍藏. 第二辑）
ISBN 978-7-5306-7823-7

Ⅰ. ①闲… Ⅱ. ①郁… Ⅲ. ①散文集-中国-现代 Ⅳ. ①I266

中国版本图书馆 CIP 数据核字(2020)第 062179 号

闲书
XIANSHU
郁达夫 著

选题策划：唐冠群　　**美术编辑：**张振洪
责任编辑：于静筠　王　欣
出版发行：百花文艺出版社
地址：天津市和平区西康路 35 号　**邮编：**300051
电话传真：+86-22-23332651（发行部）
+86-22-23332656（总编室）
+86-22-23332478（邮购部）
网址：http://www.baihuawenyi.com
印刷：宝蕾元仁浩（天津）印刷有限公司
开本：787×1092 毫米　1/32
字数：146 千字
印张：9.25
版次：2020 年 4 月第 1 版
印次：2024 年 1 月第 4 次印刷
定价：25.00元

如有印装质量问题，请与宝蕾元仁浩（天津）印刷有限公司联系调换
地址：北京朝阳区西坝河南路6号西座102室
电话：（010）84498866 邮编：100028